JN099799

CONTENTS

「うふふっ♪
どうですか斗和君、
私……エッチですか？」
音無星奈
PROFILE
絢奈の母
幼い頃から、絢奈と斗和が仲良くするのに難色を示し
「幼馴染の修君と仲良くしなさい」と促していた。
「……私、あまりお酒は
得意じゃないのだけど」

「ほら、あなたも飲みなさいよ」
雪代明美
PROFILE
斗和の母
斗和と絢奈の仲を応援する、おおらかな母親。
どうやら絢奈の母・星奈とは古い付き合いらしく……。
DRY

エロゲのヒロインを寝取る男に転生したが、俺は絶対に寝取らない3

みょん

角川スニーカー文庫

23924

プロローグ

突然だが、俺には大切な宝物がある。

それは絶対に手放したくないと思う存在で、この先何があったとしても守り抜きたいと考えるものだ。

いや、宝物という言葉は間違っているのかもしれない。

難しいな……大切な存在を宝物と言うのは何も間違っていないのに、それが物ではなく人となるとそう表現するのもどうなのかなって思うからだ。

「斗和君？」

考え事をする俺に寄り添いながら彼女が……絢奈が俺を見上げていた。

音無絢奈——この世界のメインヒロインであり、本来の道筋から外れて俺と一緒に前を向いて歩き始めてくれた子だ。

「……あ～……そのだな」

俺が口を開けば、彼女はジッとその先の言葉を待つように見つめてくる。

「……絢奈が可愛い――あり得ないくらいに、何度口にしても足りないくらいに君が可愛くて仕方ない」

変に誤魔化すような言葉も俺たちの間には既に不要だ。

だからこそありのままの言葉を伝えたわけだが、絢奈は分かりやすく顔を赤くして俯いてしまう。

俺はその様子にまた可愛いと追い打ちを掛けそうになったが次は抑えた。

(……あれから数日が経ったなぁ。感慨深いもんだ)

君と一緒に前を向いて歩く……二人で幸せになるんだ――そう宣言してからまだ数日しか経っていないのに、俺の中の感覚ではもう何カ月も経ったかのようだ。

それというのもおそらく……あの時を経て絢奈の存在がより一層俺にとって近しいものになったからだと思われる。

「斗和君」

俺と絢奈の幼馴染であり、この世界の主人公である修と一悶着はあったけど、あれから学校でもそれ以外でも接触はなく、彼は絢奈が離れていったことが認められないのか抜け殻のようになっていた。

「斗和君……？」

俺にとっても絢奈にとっても、修はある意味で因縁のある相手だった。

だからこそ決別した相手に対して同情する必要なんてないはず……それでも友人として過ごした期間が長くその記憶が染み付いているせいか、お互いに笑い合える落としどころがあればなと考えてしまうのだ。

「斗和君!!」

「はいっ⁉」

大きな声と共に、ドンと体を押されてクッションの上に俺は倒れた。

ピタッと俺の腰辺りに跨って見下ろしてくる絢奈はぷくっと頰を膨らませており、おそらくだけど俺が考え事に夢中になってて呼び掛けに気付かなかったのか？

「もう斗和君！　何度も呼んでるんですから反応をくださいよぉ！」

「あはは……ごめんごめん」

俺の苦笑が気に入らなかったようで、絢奈はぷくっとした顔をやめてくれない。

でもこの子……気付いてるのかな？　おそらく絢奈が伝えたいのは結果的に無視をしてしまったことに対する抗議だろうけど、そんな表情を見せられれば見せられるほどもっと揶揄ってみたいと考えてしまうんだよなぁ。

俺ってドS……なわけないよなと思いつつ、よしよしと頭を撫でてあげた。

「よ～しよし、よ～しよし」

「人を動物みたいに……ふみゃぁ♪」

頭を撫でられた瞬間は抵抗する素振りを見せたものの、猫のような甘えた声を出して絢奈はそのまま体を倒す。

フワッと綺麗な黒髪が舞い、風呂上がりのシャンプーの良い香りが鼻孔をくすぐり、極めつきは胸元でむぎゅっと潰れる絢奈の豊満な胸の感触と全てが素晴らしい。

(……ほんと心から思うよ、幸せだってな)

絢奈の頭を撫でる手はそのまま、もう片方の手を背中に回す。

君を絶対に離さないし、離れたいと言っても離さない……そんな少し重たいことを考えながら、俺はとにかく絢奈という愛おしい存在を抱きしめ続けた。

「斗和君の撫でてくれる手……大好きです♪」

「俺の前でだけ……とはもうならないかもしれないけど、こんな風に無防備に甘えてくれる絢奈が好きだよ」

基本的に人前では……まあ机の下でつま先を当ててきたり、それとなく身を寄せてくることはあったけれど、やっぱりこんな風に甘えてくるのは二人きりの時だけだ。

まあ彼女と正式に付き合う関係になったということで、これからは人前でもそれなりにイチャイチャするんじゃないかとは思うんだが……はてさて、どうなることやら。

「斗和君の前でだけありのままの自分を曝け出せるというのも素敵です。でも……正直に白状するとそれはもう無理です」

「え？」

「だってそうでしょう？　ずっと好きだったあなたが……これから先のことを誓い合って、もっと好きになってしまったあなたが目の前に居るんです——たとえ人前であろうと我慢なんて出来ないですよぉ！」

「……ったく、可愛すぎかよ」

もしも……もしも許されるならば、部屋の窓を全開にして絢奈最高！と叫びたい。

なんてことを考えていると、すぐ目の前に絢奈の顔が移動してきた。

彼女は頬を赤く染めながらジッと俺を見つめ……そのままチュッとリップ音を立てるようにキスをしてきたので、俺も絢奈に応えるように唇を重ねる。

「ちゅっ……」

俺からも、そして絢奈からもキスが止まることはない。

お互いに息継ぎをしたくて顔を離しても、まだ足りないと言わんばかりにどちらからともなく顔を近づけてキスが再開され……これを続けていれば必然と唇を触れさせるだけの可愛いキスで終わるわけもなく、お互いに舌を絡ませ合う深いキスへと変化するのもすぐだ。

「斗和君♡」

瞳を潤ませ、頬を紅潮させ、興奮を隠せない表情で俺の名前を呼ぶのは絢奈からのサインだ――俺は体勢を変えるように起き上がり、絢奈を背中から抱え込むように腕を回す。

もちろん腕を回して抱きしめるだけで終わるわけもない。

絢奈への愛撫をしつつも俺自身甘えるように彼女の首筋に顔を埋めると、絢奈はくすぐったそうに身を捩る反応を見せたが、気にすることなく続ける。

「うん……はぁ♪」

悩まし気な吐息が絢奈から零れ、それは俺の興奮を高めていく。

触れているからこそ分かる体温の上昇は絢奈も同じで、顔だけを後ろに向けた彼女はキスをせがむように唇を突き出した。

(……絢奈がエロすぎる)

絢奈がエロいなんて今に始まったことじゃないんだが……やっぱ考えてしまう。

普段の彼女は清楚だし、そもそも俺の前でだけありのままの姿を見せるとは言っても、やっぱり彼女は清楚なんだ……だからこそ、こうして行為の一歩手前まで行くと絢奈の様子は普段とは一気にかけ離れていくわけだ。

「斗和君……私、もう我慢出来ません」

もうダメだと潤んだ瞳だけでなく、言葉でも訴えかけてくる絢奈だが……俺はこの時かなり油断していた。

何故なら

バタンと大きな音を立てて部屋の扉が開いたからである。

「斗和～！　たっだいま～！」

かなりハイテンションな母さんが顔を覗かせた。

所謂、親フラというものが現在進行形で発生したわけだが……一応言い訳をさせてもらうと母さんはまだ仕事から帰ってくる時間ではなかったんだ。

「あ、あぁ……あの……」

流石の絢奈もこんな状況になったら上手く言葉を発せないらしい。

「…………」

母さんは何も言わず、ジッと俺たちを見つめている。

背後から絢奈を抱きしめる俺、顔を赤くしながらも服を開けさせている絢奈……そんな俺たちを見つめ続ける母さんはニコッと綺麗な笑みを浮かべ口を開く。

「あらあらごめんなさいねぇ♪　私はこれからお風呂入ってくるからごゆっくり〜」

ヒラヒラと手を振って母さんは居なくなった。

母さんの顔が赤かったのは俺と絢奈を見て照れたわけではなく、かなり酒を飲んでいるせいだろう……まあ、今更母さんがこんなことで照れるなんてあり得ないしな。

しばらく俺と絢奈は扉を呆然と見つめた後、そそくさと離れて見つめ合う形に。

「えっと……鍵をしなかったのもそうだけど、足音が聞こえないくらいにはお互い夢中だったみたいだな？」

「そうですね……うぅ、流石に恥ずかしいです」

先ほどまでノリノリだった様子の絢奈も、羞恥に顔を赤く染めて俯いた。

「よっこいしょっと」

俺は立ち上がって扉に向かい、しっかりと鍵を閉めた。

恥ずかしさに悶える絢奈の体を優しく抱き寄せ、耳元で小さく囁く。

「どうする？　少し落ち着いてから改めてするか？」

そんな俺の問いかけに絢奈は頷いた。

「……ふぅ」

恋人としての営みを終え、俺は窓から満天の星を眺めていた。

ベッドの上では裸の絢奈が毛布を抱き込むように眠っており、さっきまでの乱れようは嘘のように鳴りを潜めている。

『私……こんなにも満たされています。心の持ちようでここまで変わるなんて思いませんでした』

絢奈はそう言っていたが、俺とのやり取りにそう思ってくれるなら嬉しいことだ。

今までの彼女が斗和と一緒に居て幸せだったのは言うに及ばず……でも、今のような状況になって絢奈がそう思ってくれたのが何より嬉しいんだよ俺は。

「……でもまあ、母さんにちょっと見られたのは俺も恥ずかしかったけど」

思い出すのは母さんが顔を覗かせた時のこと……あれは俺も絢奈も夢中になりすぎていて警戒心を忘れたのもそうだが、そもそも何があっても大丈夫なように準備することを怠ったのもマズかった。

「でも……実際に覗かれなかったとしても大丈夫だったのか？」

音漏れとか……まあ普段から気を付けているし、そもそも母さんが居ない時とか酒を飲んで深く寝入っている時しかしないし気にするだけ無駄か。

「……ははっ、こんなことを考えられるのも心の余裕かもな」

そう呟いて俺は苦笑し、視線を絢奈の方へ戻した。

こういう時、密かに目を覚ましていて黙って俺を見ていることも多い彼女だけど、今日はちゃんと眠っているようで可愛い寝顔を無防備に晒している。

それどころか良い夢を見ているのか口元がニヤニヤしていた。

「どんな顔も可愛いとか反則だなぁ……まあ、今の俺の顔も十分イケメンだけど」

これは別にナルシスト的な発言とかではなく、あくまで転生したという事実があるから故だ……決して自分から俺ってイケメンだろとか他人に言うつもりはないぞ？

「さ～てと、俺もそろそろ寝ようかってところだけど……」

そう口にしたがまだ寝る気にはなれず、俺はそのまま絢奈を見つめ続けて考えることがあった。

それは今の絢奈の現状に関することだ。

あの日……修と決別をした日から絢奈はあまり家に帰らず、基本的に俺の家で夜を過ごすことが多くなっている。

そのことに俺も母さんも苦言を呈することはないし、母さんはむしろ彼女が家に居ることを喜んでいる節はあるのだが……絢奈は実の母でもある星奈(せいな)さんとの仲がギクシャクしたままという事実は変わらない。

「……う～ん」

何度も言うがこの世界は寝取られエロゲの世界であり、本来訪れるはずだった未来が俺が動くことで変わった。

まあ修のもとから絢奈が離れたという事実は変わらなかったけど、俺が一番守りたかった絢奈の心を守ることは出来た——間違いなく俺が望んだ結果と言ってもいい。

「でもだからこそ……それ以外の部分もどうにかしたいんだ」

その部分で言えば、どうにか星奈さんとの確執は解消したい。

あの人が俺のことを毛嫌いしているのは分かっているけれど、大切な人の母親である以上は良い関係でいられるに越したことはない……というより、絢奈に関することだからこそ絶対に解決したい。

「そのためには……どうすっかなぁ」

嫌われている人にどう気に入られるか……いや、この場合はどう受け入れてもらえるか……？　どっちも同じとは思うけど、とにもかくにもこればっかりはどうにかしたいものだ。

「……ふわぁ……って、もうこんな時間か」

随分と長く考え込んでいたようで眠気もやってきた。

寝る前にトイレを済ませた後、最後にまた大きな欠伸をしながら絢奈の眠るベッドに入る。

「とわぁ……くん……」

俺を迎えてくれた絢奈は可愛い寝言をお見舞いしてきた。

今日だけで色んな姿を見せてくれる絢奈が本当に愛おしくて、どんなことがあっても俺は彼女と一緒に居たいと願う――二人で前を見据え、一緒に幸せになるという願いを果たすために。

(この世界で生きる一人の人間として、絢奈を守りたいと誓った一人の男として頑張らないとな)

そう考えていた時、ボソッと絢奈が呟く。

「もちろんですぅ……」

「え？」

「すぅ……すぅ……」

今の呟きは……？

すぐ傍で眠る彼女に目を向けたが、起きてないことは確かだしあまり言えないが少し涎が出てしまっている……というか、ここまで無防備な姿も珍しいか？

「明日の朝、俺より先に起きて拭いてくれよ」

そう言って目を閉じるとすぐに絢奈が抱き着いてきた。どうやら彼女は無意識に俺の服を涎拭きにしたいらしい。

やれやれ仕方のない子だなと最後に頭を撫で、俺はようやく眠りに就くのだった。

絢奈と本当の意味で恋人関係になってからまだ数日だけど、俺たちの周りにはいくつもの石が……それこそ岩と言っても過言ではないものが数多く転がっている。

それを一つ一つ退けていこう。

どれだけ時間がかかってもいいから。

ゆっくり、ゆっくりと片付けていこうじゃないか。

「ちょっとお手洗いに行ってきますね」

朝、絢奈はそう言ってトイレに向かった。

今日は平日ということで普通に学校はあるのだが、本来居ないはずの絢奈の姿があるというのも既に慣れてきた。

「絢奈ちゃん家事を全部済ませちゃうんだもの……私、居る意味あるのかしら」

「あはは……」

役目を奪われたみたいだと母さんは嘆く。

もちろんこれは大袈裟に言っているだけで本当にそう思ってるわけではなく、母さんはケラケラと笑いながらこう続けた。

「本当に良い子を彼女にしたわね？」

「うん」

「あら、瞬時に頷くなんてやるわね斗和」

　このこの～と言いながら母さんは俺を小突く。

　絢奈が良い子なのは当然だし最高の彼女であることも当然だし……ねぇ？　だから変に言い繕うこともないから素直に頷いただけだよ俺は。

「母さんは今日どうするの？」

「う～ん……平日とはいえせっかくの休みだしのんびりするわ」

「休める時にはしっかり休んでくれよ。大好きな母さんに何かあったら嫌だしさ」

「……斗和あああああああっ!!」

「ごふっ!?」

　ミサイルの如き勢いで母さんが腹に突っ込んできた。

　俺はさっき食ったばかりの朝食が胃の中から出てきそうなほどの衝撃を受けつつも、何とかこの場を悲惨な事故現場にしたくはない一心で耐える。

「か、母さん……いきなりすぎるだろ」

「だって嬉しかったんだもの！」

　にぱぁっと笑った母さんが可愛い……じゃなくて、流石にこの勢いで腹目掛けて飛び付いてくるのはどうかと思うんだが。

「ならこれはどう？」

「え？」

スッと体を離したかと思えば、母さんに優しく頭を抱かれた。

誘われた先は母さんの胸ということで、頬に幸せな感触がこれでもかと当たっているが

やっぱり肉親なのでドキドキはしない。

「ふふっ、本当に斗和は可愛いんだから♪」

チラッと顔を上げれば、幸せそうに微笑む母さんが俺を見つめている。

雪代明美——斗和の母であり、斗和の魂とほぼほぼ同化した俺にとっても既に母と呼ぶことに一切の違和感がない人だ。

（……ったく、この愛情深さはクセになりそうだぜ）

母さんの愛情は少しばかり重い……それは最近更に強く思うようになった。

父さんを亡くしたことで残された家族が俺だけというのも、きっと母さんが強く俺に愛情を向ける理由の一つなんだろう。

「斗和」

「うん？」

「絢奈ちゃんのことなんだけれど」

先ほどまでの様子から一転、母さんは真剣な様子で言葉を続けた。

「あの子が斗和と正式にお付き合いをするようになったことは嬉しいわ。斗和が絢奈ちゃんを真剣に想っていることは知っていたし、何より私も気に入っているからね」

「母さんが絢奈のこと大好きなのは見てたら分かるよ」

そう言うと母さんは苦笑した。

何となくこの後に続く言葉は分かるけれど、母さんの意見も聞いておきたかったので俺は口を挟まず耳を傾ける。

「斗和の傍に居たいというのが一番でしょうけど、あの子は私も一緒に居たい対象だと言ってくれるのよねぇ……本当にある意味で罪な女の子だわ」

「罪な女……ははっ、確かにそうかもな」

「でしょう？　そんな風に言ってくれるのは嬉しいけれど……でも今のままじゃダメだとも思うのよ」

「……そうだな」

そう、今のままじゃダメなんだ。

それとなく絢奈に星奈さんのことは聞いてるけれど、別に関係修復が不可能というレベルではないのが幸いか。

前に街中で会った時に凄まじいやり取りはあったものの、俺との関係を含め前を見据えて歩くと決めたからこそ、絢奈の心に巣食っていた憎悪がかなり軽減されたのも大きい。

『お母さんはともかく……琴音ちゃんや初音さんは分かりません。平常心で接することは出来ると思いますけど、何か一線を越える一言があれば爆発しますけども！』

ちなみに、爆発すると言った絢奈の背後に鬼が見えたのは幻覚じゃないと思う。

とまあこの発言からも分かるように、希望的観測かもしれないけど星奈さんとの仲はきっかけさえあればどうにか出来る気がするんだ。

「なあ母さん」

「なあに？」

あ、めっちゃ優しいなあに……じゃなくて！

俺は一旦母さんから離れ、改めて母さんが話してくれたことに対してお返しをするかのように、俺自身も考えていたことを話すことにするのだった。

「絢奈のことは安心してくれって言いたいよ。でもかなり根深い部分だろうし、どうにか出来ると確約は出来ない――けど、絢奈のことは任せてほしい」

今の俺に言えることはこれくらいだ。

全部が全部出来るから俺に任せてほしいって、母さんは何も心配する必要はないって言えればかっこいいんだろうけど……。

母さんは一瞬を目を丸くしたが、すぐに頷いてくれた。

「分かってるわよ。絢奈ちゃんのことで斗和の右に出る人は居ないでしょうしね」

それはモチのロンだっての！

勢い良く頷くと母さんは微笑ましそうに俺を見つめ、幼い子供にするようによしよしと頭を撫でてきた。

俺はもう高校生なんだけど、やっぱり母さんからしたら俺が何歳でも可愛くて仕方ないんだろうなと思う……こういうことを考える度に、やっぱり家族ってのはどこまで行っても大事なんだって思い知らされるってもんだ。

「任せてくれって言ったけど、母さんも何かあったら助けてほしい」

「了解よ。いつだって頼ってちょうだいね？　まあ私も何かきっかけがあれば絢奈ちゃんのお母さんと肩組んでお話しようと考えてるから！」

「……母さんなら簡単にしそうだな」

母さんのことだし容易にそんな絵面が想像出来るのは気のせいかな？

困惑する星奈さんをニヤニヤと揶揄うように首に腕を回す母さんの図……百二十パーセントくらいあり得そうな光景で逆にちょっと面白いかもしれない。

「もちろん昔のことは許せないわ。でも息子のあなたが明るい顔で前を見てるんだからいつまでも私が過去に囚われるわけにはいかないでしょ？」

「……母さんは強いね」

「当たり前じゃないの。母は強いのよ」

……うん。

本当にその通りだよ。

「ただいま戻りました……あ、なんて尊い瞬間」

「あら、おかえりなさい絢奈ちゃん」

「おかえり絢奈」

尊い瞬間って……まあ否定はしないけど。

絢奈が戻ってきたことで母さんから離れ、学校に向かうための準備を済ませて家を出た。

「行ってきます」

「行ってきます明美さん」

「行ってらっしゃい二人とも」

家からしばらく歩いたところで絢奈から手を差し出され、俺はその手を取った。

最初は普通に繋がれていた俺たちの手だが、すぐに指と指を絡ませる恋人繋ぎへと変化する。

「……ふふっ♪」

微笑んだ絢奈に釣られるように俺もまた頬を緩めた。

「あ、そうです斗和君」

「どうした？」

「最近……あまりにも甘えすぎてました。今日は家へ帰ろうと思います」

「……お、そうか」

絢奈の突然の言葉に少し驚く。

とはいえ絢奈がこう言うのは別におかしなことでもないし、今のままではどうかなと思っていたので少し安心するのも確かだった……でもちょっと寂しく思ってしまう。

「その様子ですと寂しく思ってくれるんですね？」

「あ～……まあそうだな。別に帰るのは普通のことだけど、最近は四六時中絢奈と一緒だったしそれでかもしれん」

仮にそうでなくとも絢奈が居ないならどんな時だって寂しいさ。

流石に不甲斐ないとは思うけど、それだけ絢奈という女の子が大切な恋人だってことだと思うから胸を張っていよう。

「そこまで長い日数居たわけじゃないけどいきなりそう言ったのは何か理由が？」

「はい。実はさっきの話を聞いてしまいまして」

あ……そうだったのか。

絢奈は盗み聞きしてごめんなさいと謝ってきたが、むしろこっちが気を遣わせてしまったのかと申し訳ないくらいだ。

「そんな顔をしないでください。元々、ギクシャクしてしまったことを斗和君の家に逃げることで誤魔化していただけなんですから」

「……なあ絢奈、俺は――」

「もちろん、まずは家族として腹を割って話をして……助けが欲しい時は是非ともお願いさせていただければ」

「もちろんだ。電話でも何でもしてもらえたらすっ飛んで駆け付けるよ」

「はい！」

必ず何があっても駆け付けるというのは嘘じゃない。

絢奈は俺の言葉を聞いて嬉しそうに頷き、繋いだ指の力を更に強くした。

「なあ絢奈？」

「はい？」

「そろそろ人が増えてくるけど」

「あら、そんなの気にするんです？」

そう言って絢奈は挑発的な表情を俺に向けてきた。

俺たちが歩いているのは通学路なので、学校に近づけば近づくほど生徒の数は増えてくる……つまり、こうして手を繋いでいる俺たちは露骨とは言わないまでも注目されてしまう。

(恥ずかしくて手を放したらそこで負けとでも言いたげだな？　上等だよ絢奈)

ったく、何に対抗心を燃やしているんだよと内心で自分自身に呆れる。

俺は絶対に放してやるものかという気持ちを込めるように、元々放すつもりがないくらいに力を込める。絢奈に負けないくらい……けれども決して痛みを感じない程度に強く彼女の手を握りしめた。

「斗和君は負けず嫌いです」

「それを君が言うかぁ？」

「……言えませんねぇ」

「だろ？」

「ですねぇ」

お互いに笑い合い、俺たちはそのまま学校へと向かった。

▽▼

「よっ、まだ数日しか経ってないのにラブラブだな？」

教室に入って絢奈と別れた後、すぐに友人の相坂が声を掛けてきた。

「おはよう相坂。まあ付き合いたてだからこんなもんだよ」

まだ倦怠期なんて訪れていない初々しいカップルなんだからラブラブなのは当然だろ。

ただ……ちょっと倦怠期という言葉を想像したからか、俺たちの関係が冷めきったことも想像してしまいちょっとだけブルーな気分に……あり得んあり得ん！

俺たちに倦怠期なんて絶対に来ないんだとブンブン首を振れば、相坂にどうしたんだと心配された。

「いきなりどうした？」

「いや……俺と絢奈の間に倦怠期でも来たらどうしようかって」

「お前と音無さんの間に倦怠期ぃ？」

相坂は前の席から椅子を借り、ドサッと音を立てて座り口を開く。

「お前と音無さんの関係が冷めきった瞬間があるなら是非とも見てみたいもんだ。ああこれは絶対にあり得ないから見てみたいっていう好奇心だぞ？　もしそうなったら世界が終わってるね」

「そこまで言うのかよ」

「言うよ。だって普段の二人見てたらあり得んぞ絶対」

相坂からすれば本当にそれはあり得ないようで、うんうんと頷いている。

そうか……わざわざ他人に俺たちの関係がどんな風に見えているか聞くことなんてないけれど、そんな風に見られているなら光栄だ。

「……お」

「うん？」

会話の途中、相坂がとある方を見て小さく声を出す。

どうしたんだろうと思い、彼の視線を追って俺が見たのは修……ちょうど登校してきたようで真っ直ぐ机に向かう彼だった。

席に着いた彼は机に突っ伏して動かなくなり、周りとの関わりを徹底的に遮断しているように見て取れた。

「あいつ、よっぽどショックだったんだろうなぁ……もうずっとだろ？」

「……あぁ」

俺と絢奈が付き合い始めたことはある程度知られている。

別に自ら公言したわけではないが、今まで以上に俺たちの関係が親密そうに見えたからこそ相坂を始め親しかった友人たちは続々と気付いたわけだ——それはつまり、修が失恋したということにも繋がるので彼の様子の原因は察せられていた。

しばらく修の様子を眺めていた相坂はまるで俺に気を遣うようにこう言った。

「ま、幼馴染だから気になるだろうけど仕方ないことだって。恋愛には失恋が付き物なんだから」

「はは……お前にこういうことで心配されるなんてな」

「友達のことだから気にするに決まってんだろ。ないとは思うけど、気を遣いすぎて音無さんに遠慮とかすんなよ？」

「流石にそこまで引き摺ってないさ。むしろそうしたら絢奈にお小言を言われちまうからな」

修とは色々あったけど何度も言うが嫌っているわけじゃない。

俺と絢奈の関係が進んだ上でどうにか良い方向へ持っていけたらとは思う……だってあいつもまた絢奈と同じ幼馴染だから。

「修が絢奈のことを好きだったのは知ってる……でも、俺はそれを知った上で絢奈に想いを伝えて恋人関係になった。後悔はしていないし、この選択が間違っているとも思っちゃいないさ」

「そうか……ま、何も心配はしてないけどな！」

そう言って相坂は俺の背中をバンバンと叩いてくる。

ちょっといてえよと言いながら叩いてくるのをやめさせ、俺はお前はどうなんだと質問してみた。

「お前の方はどうなんだよ。前に好きな人云々の話をした時、後輩って単語が出て顔を赤くしてたよな？」

「っ……べ、別に俺のことはいいだろ！」

相坂はそう言ってすぐさま逃げていってしまった。

あまりにも分かりやすい反応におもちゃを見つけた気分になりかけたが、相坂が気になる後輩とは果たして誰なのか……う～ん、いつか解明したいもんだなぁ。

「…………」

相坂が逃げて、俺は改めて考えに耽る。

悩みがある程度解決した絢奈はプライベートだけでなく、学校でも笑顔が今まで以上に増え、俺という彼氏が居る状況なのにちょくちょく手紙をもらうようでモテモテだ。

『困ったものですね。手紙をもらっても呼び出しに応じるわけがないのに……仮に直接呼びに来られても同じですし……はぁ、面倒だなぁ』

ちょっぴり内なる黒絢奈が出てしまうくらいには嫌がっていた。

絢奈を狙うどこぞの誰かだけでなく、モテる絢奈を疎ましく思う女子が一定数居るのも耳に入っているし……とはいえ重荷から解放され、今まで以上に魅力を無意識に垂れ流す絢奈が流石と言うべきか。

（……後は修か）

次に俺がチラッと目を向けたのは相変わらず顔を突っ伏したままの修だ。

相坂も言っていたが最近の修はとにかくあんな風にして過ごしており、俺や絢奈以外の仲の良い友人ですらあまり会話はしていないようだ。

ただ修をよく呼びに来る伊織や、顔を合わせたら積極的に声を掛けてくる真理とは会話をしている姿を見かけるので、そこはちょっと安心かもしれないな。

「……うん？」

そろそろ先生がやってきて朝礼が始まるかといったところで、ジトッとした視線を感じ取った――修だ。

彼は少し顔を上げて俺を見ていたが、俺と視線が合った瞬間すぐに逸らすように再び突っ伏した。

「……やれやれだな」

色々あったとはいえ、普通に遊んだりして過ごしていた相手と仲が拗れる……これは中々に面倒だなと自然にため息が出てくる。

とまあこのような気持ちになったとはいえ、いつも通りに時間は過ぎていった。

昼休みに絢奈と一緒に昼食を済ませた後、早速彼女たちと会う機会があったのだ。

「あら、雪代君」

「あ、雪代先輩！」

本条伊織と内田真理……絢奈によって修と巡り合ったが、絢奈の心の闇が晴れたことで残酷な運命から逃れた二人のヒロインだ。

（……大丈夫だよな？）

絢奈が既に暗躍するつもりがないとはいえ、ゲームでの彼女たちを知っているからこそ不安になるのも仕方ない。

「こんにちは本条先輩、それから真理も」

俺だけが知る記憶は彼女たちにはもはや何の関係もないため、俺は二人に対する心配を表情に出さないよう心掛けながら近づいた。

「二人は何を？」

「職員室からの帰りに内田さんと会ってね。それで少し話をしていたの」

「はい！　偶然本条先輩を見かけたので！」

どうやら二人が出会ったのは偶然だったみたいだな。

大きな声を出さないでと困った風に言う伊織と、そんな伊織にごめんなさいと満面の笑顔で謝る真理。

「雪代君は？」

「俺は適当にブラブラしてただけっすよ」

「適当にブラブラして一階に降りたの？」

「……まあ」

そう指摘されるとちょっと困るんだけど……本当にそうなんだよなぁ。

返答に困る俺を珍しそうに二人は見つめてきたが、伊織は面白いことを思い付いたかのようにニヤリと笑い、そっと俺に近づく。

絢奈と同じ長く綺麗な黒髪に目が向きそうになるも、鋭くも優しさを垣間見せる彼女の瞳から視線は逸らせそうにない……というか、やっぱり伊織って美人だわ。

「最近、音無さんとラブラブしすぎて腑抜けたんじゃない？」

「っ……そう来ますか」

今の俺の状態をそんな風に言うか……でも案外間違ってないんじゃないか？

俺としては特に今までの自分と変わりないと思いはしたい……したいけど一人になるとニヤケちまうこともあるしなぁ。

「雪代先輩と絢奈先輩を見た時、すっごくラブラブしてますよ！　友達もあんな風に男の子と付き合いたいって言ってるくらいです！」

まるで最後に止めを刺すが如く真理にも言われてしまった。

揶揄う前提の言い方をした伊織と違い、どこまでも真っ直ぐ純粋な目をキラキラとさせる真理にこそ俺は答えを窮する……まあ伊織も悪意のない揶揄い方なので悪い気はしないけど流石に恥ずかしいぞ。

「あ、私そろそろ戻りますね！　それじゃあお二人とも、また今度！」

「お、おう……」

「ええ、ありがとう内田さん」

ブンブンと手を振って真理は走っていき……って、先生に走ったことを注意されてるし。

「あの子……見た目にそぐわず慌てんぼうというか、落ち着きがないというか」

「子供っぽいってことですか？」

「そうね」

「断言するんですね」

「だってそうじゃないの」

クスクスと笑いながら伊織はそう言う。

さて……事の成り行きでこの場に来たとはいえ、こんな場所で伊織と二人っきりになるとは思わなかった。

別に絢奈を待たせているわけでもないし時間もまだまだ余裕……というか、そもそも伊織が早々に立ち去る気配を見せない。

「逃げたいの？」

「ドキッ⁉」

「……それはギャグなの？　それとも言い当てられて思わずなのどっち？」

えっと……どっちもですね、はい。

俺自身まさかドキッとそのまま口に出すとは思わなかったけど、それだけ伊織に考えていることを言い当てられたことにびっくりしたんだよ。

「私の前から逃げたいだなんて良い度胸ね？」

「……女王様かよ」

手元に鞭とかあったら躊躇なくバチンバチン叩いてそう……しかも伊織ってSッ気があるから似合いそうだわ。

あくまで年下の俺を揶揄っているというスタンスを崩さない伊織だったが、空気を入れ替えるようにふぅっと息を吐く。

「雪代君。少しお話をしてもいいかしら？」

「それは全然大丈夫ですよ」

さっきも言ったが残りの昼休みの予定はないから大丈夫だと頷いた。

そうは言っても昼休みは残り十五分くらいなので、わざわざどこかに移動はせず、ここで出来る話のようだが……何となく彼女が何を話したいのか俺は分かっていた。

「あなたと音無さんが付き合い始めてから修君は変わったわ」

「……そうですね」

そう、やっぱり修のことだ。

俺のせいで大好きな修が変わってしまったと、そういう文句を伊織が言うつもりではないことも分かっている。

伊織はジッと俺を見つめながら言葉を続ける。

「修君が音無さんに想いを寄せていることも気付いていたし、それを分かっていて気に入っている彼にアプローチをしていたのも確かよ。音無さんを介して修君と知り合えたけれど、純粋に彼と話をしていたら好きになっていったし」

「…………」

伊織は……やっぱり彼女は本心から修のことを気に入っているんだな。

耳元の髪の毛をクルクルと弄りながら、憂いを帯びた表情の伊織についつい見惚れそうになる。

『斗和君？』

なんて、そんな時に脳裏に魔王……じゃなくて、絢奈の声が響いた気がしたけれどこれはただの気のせいだと思いたい。

今はちゃんと伊織の話に集中しなくては！

「私は今まで誰かを好きになったことはなかったけれど……修君との時間は本当に楽しかったのよ。私の言葉に言い返してきたり、時には張り合ったりしてくるような男の子は居なかったから。ええそう……本当に楽しかったの」

「…………」

「だから今の状況は私にとっても、内田さんにとっても良いと思った。けれど修君はどこまでも音無さんしか見ていなくてね。ずっと下を向いて、誰かを恨むようにブツブツと何かを言ってて……」

「……そうだったんですね」

伊織がよく修を呼びに来てあいつもそれに応じていたから安心していたけど、やっぱり絢奈のことをどこまでも引き摺っているのか。

ただ……そんな話を聞いても俺に後悔はないし同情もしない——これが恋愛というものだから。

「何をしても、どんな言葉を掛けても修君は私を見てくれない……それが続くとなんだか頑張ってる自分が少し空しくもなるの」

「それは……もしかして真理も？」

「あの子も言っていたわ。まだ修君のことは大好きみたいだけど、しばらくは距離を置きたいって」

なるほど……真理は修と距離を置くことにしたのか。

修が変わらず彼女たちと話をしているのを見ているけれど、どんなことを話しているのかは知らない。

伊織の話から察するに修は絢奈のことを引き摺りすぎてしまい、それを彼女たちの前でも出してしまっている……確かにそれは伊織や真理からしたら嫌だろうな。

「……会長は？」

「私は……そうね。別に距離を取りたいとも思わないけれど、さっきも言ったように空しくなるのは辛いわね。何も考えずに私に寄り掛かってくれればそれはそれで楽でいいけれど……きっとその先には幸せなんてないだろうし」

「…………」

「恋愛って難しいわね」

伊織はそう言って微笑んだ。

空しいや辛い、幸せなんてないと口にした割には全く堪えた様子もなく、これは本当に心配の必要がなさそうな伊織の様子……強いなこの人は。

「まあ私は私で修君のことはゆっくり考えながら付き合いを続けるわ。だから雪代君はそんな顔をしないで」

「……え？」

「何か申し訳なさそうな表情を隠せていないわよ？」

「……マジっすか」

別に表情に出したつもりはなかったんだが……俺はパシッと軽く頬を叩くと、あらあら

と伊織は笑って俺の頰を撫でて……って⁉

「な、何してるんですか？」

「赤くなって少し痛そうだったからかしら？　でもなるほどねぇ」

伊織は俺をジッと見つめた後、こんなことを言ってきた。

「イケメンの雪代君だけど可愛がりたくなる瞬間があるのね。私ですらドキッとするくらいに可愛く思えるもの――音無さんは普段、こんな風に感じながらあなたの傍に居るのかしら」

「……どうですかね」

「ふふっ♪」

再び綺麗に微笑んだ伊織。

そろそろ戻ると言う彼女と別れ、俺も教室へと戻るのだった。

「おかえりなさい斗和君」

「っ⁉」

教室に入ってすぐ、ニッコリと微笑みを浮かべる絢奈が俺を出迎えた。

どうしてわざわざ入り口に立っているのかはともかく、この妙に迫力のある表情は一体どういう……？

絢奈から視線を逸らして教室内に目を向けると、絢奈の友人たちが楽しそうに見ているのはまだ分かるけど、男子たちがまるで鬼でも見たかのようにスッと視線を逸らしていくのが気になる。

「絢奈……さん？」

「はい♪」

ニコッと微笑むその背後にゴゴゴッと炎のエフェクトが見えるのは幻だよな⁉

他の男子たちの雰囲気が伝染したように、俺も絢奈の様子を恐る恐る窺うようになっている気がするぜ……でも、本当にどうしたんだろうか。

「何かあったの？」

「いえいえ、私の居ない所で斗和君が別の女性に見惚れたような気配を感じただなんてそんなことはないんですけども♪」

「…………」

「おやおや〜？　どうして下を向いたんですか斗和君？」

こ、こえええええええええっ⁉⁉⁉

絢奈の言葉に思いっきり心当たりがあるし、何なら脳裏に彼女の声が響いたような幻聴さえあったからな……え？　絢奈って超能力者か何かですかね？

「なんて、冗談ですよ斗和君」

「……ふぅ」

「詳しいことは放課後に聞きますけどねぇ」

「……うっす」

もう俺は君が魔王に見えてきたよ。

俺にとっては肝が冷えるようなやり取りでも、クラスメイトからすれば熱々カップルにでも見えるのかやっぱり女子からの視線は生暖かい。

「では斗和君、また」

「おうよ」

それから席に戻り、程なくして午後の授業が始まると眠気との戦いが幕を開けた。

最近、絢奈と夜を過ごしているとはいえ、次の日に影響が出るような夜更かしをしているつもりはないんだが、とてつもなく眠たくなる。

それでも眠気覚ましに頬や太ももを抓(つね)ったりして寝るのを回避し、本日最後の授業となる体育ももう終わり際のことだ。

「疲れたぜ……」

「ふふっ、お疲れ様でした」

体育で使った道具を絢奈と一緒に片付けていた。

男女共に外で体育だったのだが、流れで片付けを申し出た俺を絢奈が手伝ってくれているのだ。

(彼女と二人で体育倉庫ねぇ……なんつうかよくあるシチュエーションだな)

ラブコメ系の漫画かアニメで体育倉庫にヒロインと閉じ込められてしまうシーンは鉄板だが、外側から鍵を掛けられるなんて、現実的にそういうことはあり得ないもんな。

「これ……漫画とかだと閉じ込められてしまうパターンですよね?」

「だなぁ……って声に出てた?」

「いいえ? ということは同じことを斗和君も考えていたんですねぇ♪」

そりゃ考えるよ、こういうシチュエーションだもん。

大体は閉じ込められてラッキースケベというか、ドキドキワクワクのやり取りがあったりするけどラッキースケベなんて俺たちにはもう必要ないし……でもちょっと経験はしてみたかったかもしれない。

「それじゃあそろそろ――」

戻ろうぜ、そう言おうとしたその時だ――ガラガラと音を立てて、俺たちが居る倉庫の扉が閉まったのは。

「……え？」

「……あら？」

俺と絢奈、揃って背後に視線を向けた。

俺たちが入ってきた扉は綺麗に閉められ、ガチャガチャと施錠する音もしっかりと鼓膜を震わせ……予想外の出来事に俺たちは動けず、二人とも何故かボーッと突っ立ったままだ。

「……あ」

「……はっ！」

そこでようやく、俺たちは慌ててドアへと駆け寄った。

動き出すのがあまりにも遅かったせいで既にドアの向こうに人の気配はなく、声を掛けても反応はない。

「……マジかよ」

「本当にこんなことが起こるんですね……」

体育倉庫に閉じ込められるシチュエーションのことを二人で話してて、そんなこと現実で起こるはずないよねと言っていた傍からのこれには流石に俺も頭を抱える。

「どうしましょうか」

「……う～ん」

今から終礼だろうから近くには誰も居ないだろうし、光の差し込む小さな窓があるけど人がギリギリ通れるかどうかという大きさなので、わざわざそこから脱出を試みようとも思わない……まあそれは最終手段だ。

「どうせ終礼で俺と絢奈が居ないことに気付くさ。万が一スルーされたとしても部活が始まれば誰か一人くらい気付くだろう」

「そうですね……ふふっ」

「どうした？」

「ごめんなさい。斗和君が一緒なので、どんなアクシデントも楽しく思えるんですよ」

つい困った子だなと言いかけたが、それは俺も同じかと苦笑する。

絢奈は誰かが来るまでゆっくりしましょうと既に開き直っており、五段くらいに積み上げられている跳び箱に腰を下ろした。

「斗和君も座ったらどうです？」

「そうだな。俺もゆっくりするかぁ」

俺は敷かれているマットの埃(ほこり)を軽く払い横になった。

運動をしたおかげで体から消え去ったはずの眠気が戻ってきたのか、絢奈に笑われるくらいの遠慮ない大欠伸が出てしまう。

「凄く眠たそうですね？」

「あ～……五限の辺りからヤバかったんだよ」

「そこまで夜更かしはしてないはずですが……まあでも、どれだけ寝ても眠くなってしまう時はありますからね、おかしなことじゃないですよ」

「だなぁ……ふわぁ」

気を抜くと目が閉じてしまう……それくらい眠たい。

どうせ待つしか出来ないので気楽に寝ようとしたのだが、誰かがすぐ傍で寝転んだ物音が聞こえた——他の誰でもない絢奈だ。

「えへへ、私もちょっと横になりましょうかね。斗和君の寝顔を近くで見たいので」

「……面白いものじゃないだろ」

「面白いかどうかではなく、好きな人の寝顔をただ見たいだけですよ」

絢奈はジッと見つめてくる。

このまま彼女に見つめられながら眠るのもそれはそれでいいかなと思いつつ、瞼を閉じて……そこで俺はどうやら少し眠ったらしい。

何故なら次に俺が目を開けた時、体育倉庫の扉が開いたからだ。

「やっぱり居たぜ、ここ……に……」

「絢奈！　だいじょう……ぶ？」

扉の方を見てはいないが、声で誰かは分かった。

男子の声は前に修の件で一悶着あった染谷と、女子の方はいつも絢奈と仲良くしている藤堂さんかな？

「斗和君、助けが来ましたよ」

「……おう」

眠った時間はほんのわずかでも少し頭がボーッとしている。

起き上がるのを絢奈に手伝ってもらい、そこでようやく顔を少し赤くして見つめている染谷たちと視線が交差した。

（なんでこんな……あ）

倉庫を開けてすぐに目に入ったのが寝転んで見つめ合う男女の姿……別にやましいことはしてないけれど、若干想像の余地はあるな、確かに。

「……ちょっとマズいところを見せちまったな」

「何もしていないですけどね。さあ斗和君、立てますか？」

「あぁ」

すぐに立ち上がり、俺と絢奈は体育倉庫を出た。

「ありがとう染谷」

「いや、それは別にいいんだけど……流石にエロいことはしてなくて安心したわ」

「するわけねえだろ」

あまりにも速いツッコミに染谷はだよなと言って笑う。

ちなみに……こんな俺たちと似たやり取りは後ろでもされていたりする。

「何もなくて良かったわ」

「あら、何かしていたら良かったんですか？」

「違うわよ!!」

「うふふ〜♪」

……何、ちょっと期待されてたりするの？

流石に時と場所は弁える……と言いたいのだが、斗和の記憶の中には学校で絢奈とそういうことをしたものも含まれているので、雰囲気とか色々なことが噛み合えば俺も分からないか……？

「なんにしても助かったよ。部活が始まる時間まで最悪待つつもりだったけどさ」

「音無さんが居ないって最初に気付いたの刹那でさ。それでお前も居ないじゃんってなって」

「へぇ」

「お前ら二人のことだから仲良く乳繰り合ってんじゃないかってなったけどな」

「……それお前が言ったの？」

「違う違う！　刹那が言ったんだよ！」

その慌てようは怪しいなぁ？

ジッと染谷を見つめていると、本当に俺じゃないんだと必死にブンブンと顔の前で手を振っている……ふむ。

「今まであまり絡まなかったけど揶揄うと結構面白いな染谷は」

「それ全然嬉しくねえ!!」

否定の仕方とか相坂に似てて可愛げがあるぞこいつ。

初めてこいつと話をした時は決して良い印象ではなかったんだが、今の染谷からはあの時の棘々しさは全く感じられないのもあるし、修に対して嫌がらせをするようなことも全くない。

「藤堂さんと上手くやってるんだな？」

「おう！　この間も一緒に出掛けて……いや、何でもねえ」

「ほ〜？」

この染谷の様子……気になるけどこれ以上はやめておくか。

ちなみにさっきから名前が出ている藤堂刹那さんは染谷と一緒に探しに来てくれた子で、クラスで一番絢奈と仲が良いと言える女子だ。

少し前、修とのいざこざの時に染谷をカラオケに誘ったのも藤堂さんだったな。

（そういやちょこっと絢奈から聞いてたっけ。染谷と藤堂さん結構良い感じとか）

染谷や藤堂さんと親しいわけじゃないけど、楽しそうに友人のことを話す絢奈を見るのは好きなんだ。

「ま、良い形に落ち着くのを祈ってるよ。楽しそうに友人のことを話す絢奈を見られるのも俺からしたら嬉しいもんだからさ」

「そうかよ……へへっ、頑張るぜ」

そんなやり取りをしながら教室へ入ろうとした時、ドンと誰かとぶつかった。

「おっとごめん」

「いや、大丈夫――」

ぶつかった相手……それは修だった。

修は慌てた様子で大丈夫と言ったが、相手が俺と分かった瞬間キッと睨(にら)むように視線を鋭くする。

そこまで敵意を丸出しにしなくてもいいだろうに……ただ、ここでそれを指摘しても逆効果になると思うので俺は何も言わなかったが、染谷は違った。

「ぶつかったのはお互い様なのになんだ、あの態度は」

「いいんだよ。今は色々とデリケートな時なんだ」

そう言うと流石の染谷も黙り込む。

クラスメイトとして修のことを知っているなら、相坂と同じく修の様子の原因も分かっているはず……そして藤堂さんと親しいなら更に色々知ってるだろうしな。

「だからあまり気にしないでやってくれ」

「……分かった。俺は佐々木に何も言わない」

これを感謝とするのは違うだろうが、ありがとうと伝え教室に入るのだった。

その後、すぐに終礼となり下校時間がやってきた。

「斗和君。帰りましょうか」

鞄を抱え傍にやってきた絢奈に頷き教室を出る。

今日は真っ直ぐ家に帰ってのんびり過ごしつつ、絢奈には荷物を纏めてそのまま帰ってもらう予定だ。

帰っちゃうのか……なんて寂しいと思いつつ、既に決まっていることなので、くよくよしても仕方ない。

「それで斗和君」

「う～ん？」

「お昼のこと、覚えていますか？」

「昼？」

「はい」

隣を歩く絢奈はニコッと微笑み、あの昼のことを思い出させた。

「斗和君が誰かに見惚れた気配を感じたというやつですね♪」

「……あ」

この時の俺、間違いなく間抜けな顔をしていたに違いない。

何も言わず目の前で微笑む絢奈だが、昼間にも見せた威圧感を放っており俺を恐怖させる……いやいや、怖いなんてことはないけどこの威圧感……まるで魔王!!

俺は身構えた。

魔王を前にしても決して怖気付かない勇者のように、たとえ手元に武器がなくとも人々の希望で在り続け、勇気を示すように！

「くだらないことを考えてないで、さっさと降参してくださいねぇ～」

「あい」

俺、敗北！

シュッと姿勢を正し、別に隠すことでもないので昼休みにあったことを全て話した。

「そうだったんですか。本条先輩や真理ちゃんとそんな話を……」

「だからまあ……そういうことがあってだな」

昼間にあったことを伝えると、絢奈も絢奈で思うことがあったようだ。

取り敢えず歩きましょうと促され、再び帰り道を歩く……その中で考えが纏まったのか絢奈は言葉を続けた。

「所詮、修君にとっては失恋です。私と斗和君が必要以上に気を揉む必要なんてないんですよ。ですが彼女たちを必要以上に修君に関わらせたのは私です……そういう意味では思うところはありますね」

ですが、そう言って更に絢奈は言葉を続ける。

「実を言うと今の段階なら別に何も気に病む必要はないと思っています。この後に続く道筋を放棄した時点で……その、私は悪くないと考えてしまいますし」

「あはは……まあそうだよな」

確かに今の段階だと絢奈は何も悪くない。

本来のシナリオ通りに進めば絢奈がやったことは最悪を呼び込む布石だったけど、現状だと修の交友を広げるために手助けをしたに過ぎないのだから。

「これはもう開き直りみたいなものです。普通の幼馴染(おさななじみ)なら今の修君の様子を心配に思うのが普通だと思うんですけど、私たちの場合は拗(こじ)れているのが現状ですから……これはもう時間が解決してくれるのを待つしかないと思う他ないですよ」

「……だな」

やっぱり俺は深く考えすぎているんだ。

もう少し柔軟に物事を考え、絢奈のように時間が解決してくれるんだと気楽に考えた方が良さそうだな……よし、俺もそうするとしようか。

「……人生、儘(まま)ならないものですね」

「いきなり老けた？」

「女の子にその言い方はＮＧですよ、斗和君」

「ごめん」

「許します」

息の合ったやり取りにお互いクスッと吹き出す。

絢奈と改めて話をしたおかげか、胸につっかえていた一つの石ころがなくなったような気がする……ありがとう絢奈。

「さて、ではここからは本条先輩に見惚れた件について詳しく」

「終わったんじゃないのかよ！」

「終わりませんよぉ♪」

結局、家に着くまでこのネタは擦られ続けてしまった……はぁ。

そして――。

「それじゃあ斗和君、今日はこれで」

「あぁ……寂しくなるな」

「大丈夫ですよ。学校で会えますし、何より週末になればデートも出来ます」

「放課後もデートは出来るか」

「はい♪」

玄関で絢奈と強く抱きしめ合った後、名残惜しさを感じながらも絢奈は笑顔で俺から離れ帰っていくのだった。

絢奈の背中が見えなくなったところで家の中に戻り、いつにもまして広く感じるリビングのソファに深く座り込む。

「……広くなった気がするな。こんなもんだっけ」

絢奈が居なくなるだけでこれか……どれだけ彼女の存在が大きいのかと再認識してしまう。

「母さんは買い物かな？　……いやぁ静かだねぇ」

何もすることがないので適当にテレビを付けて時間でも潰すか。

テレビでは旬のお笑い芸人がネタを披露しているが、特にクスッと笑うこともなくボーッと時間だけが過ぎていく。

「……平和だ」

絢奈が居なくて寂しい気持ちはあるが、この何もない退屈な時間も俺が摑み取った結果なのかと思えばこそ感慨深いものがある。

それから一時間半ほどのんびり過ごし、部屋に戻った時に俺は見つけてしまった。

「あれ……？」

俺の机に置かれていた物――それは絢奈のスマホだ。

彼女が家に居ない以上ここにあるはずがない物で、その瞬間俺は忘れていってしまったのだということに思い至った。

「……不便だろうし、どうすっかな」

もし途中で気付いたなら取りに戻ってくる可能性もあるけど、流石にもう戻ってくる気配はない……もしかしたら絢奈はまだ気付いていないのかもしれない。

「…………」

スマホがないのは不便だろうと考え……俺は決断した。

「絢奈の家まで届けるか」

一応母さんにこれから少し出掛けてくるとメッセージを送った後、絢奈のスマホをポケットにしっかりと入れて俺は家を出た。

2章

「……ふふっ、本当に幸せな毎日でしたね」

たった数日とはいえ、斗和君の家で過ごした日々は最高の一言だった……斗和君が傍に居てくれるのはもちろん明美さんも居て……本当に楽しかった。

「…………」

何度も何度も、引き返そうかなと考えてしまった。

それくらいに斗和君と正式に付き合い始めたこと、彼の傍に居られることに喜びを感じたんだ私は。

……はぁ、私って前より斗和君に依存してません？

「……ふぅ、取り敢えず今は目の前のことに集中しませんと」

斗和君のことしか考えられなくなるのは私の悪いところであり良いところ……刹那や友人には考えすぎと呆れられもするけれど、でも好きな人のことをこんなにも想えるって素敵じゃありませんか？

「あ、言った傍から全然集中出来てません！」

傍に居ない斗和君のことが頭から離れないなんて由々しき事態です！

別に嫌とも怖いとも思わないけれど、このままでは本格的にダメになってしまいそうな気がします……よし！　気を引き締めましょう！

私はパシッと軽く両頰を叩き、深呼吸をしてから家に入るのだった。

「ただいま戻りました」

玄関を開けてそう声を掛ける――返事はなし。

私は特に気にすることなく、まず向かった先はリビング……そこには椅子に座ってボーッとする母の姿があった。

こうして母に会うのを久しぶりに感じるのも、それだけ斗和君の家での日々があまりに濃厚だったからに思える。

「まだ明るいとはいえ電気の一つくらい点けたらどうですか？」

そう言って電気を点け、変わらず反応のない母と向かい合うように椅子に座る。

私と母の間にあるテーブルにはコップが一つ置かれているだけ……まさか、私が居なかった数日の間ずっとこのまま？

「お母さん。もしかして数日間何も食べてないとか言いませんよね？」

「……流石にそれはないわよ」

「そうですか。なら良かったです」

まあ分かっていたことではありますけどね。

私にとって母は大切な家族……それは間違いないのだけれど、やはり幼い頃からの出来事があまりにも大きすぎて、母に対して暗い感情を抱かせている。

「……随分とやつれましたね」

「…………」

普段から美容に気を付けている母らしからぬ酷い顔だ。

斗和君のお母さんである明美さん同様に、母も実年齢より若く見える……本当に綺麗な人というのが私の感想だけれど、今の母はいつもより暗い表情をしているのもあって老けて見え……こほん。

流石に老けて見えるは失礼ですから口にはしないようにしましょう。

(こんな風に冗談めいた思考が出来るくらいには落ち着いていますね私は……これも全部、心が満たされているからでしょうか)

苦笑しかけたことを我慢し、改めて母の顔を見つめ直す。

私の問いかけに母は何も言わず黙り続けていたが、ふぅっと息を吐き私の目を見つめ返しながら口を開いた。

「実の娘に嫌いだと、同じ血が流れているのが嫌だと言われたらこうなるのは当然でしょう」

「…………」

「別に謝らなくてもいいわ。あなたの言葉はまるで神のお告げのようだった……確かにそう言われても仕方ないと思ったから」

この人は本当に私の母？

ついそんな疑問が頭に浮かぶほど、こんな母の姿を私は今まで見たことがなかった……でも、だからといって斗和君たちに向けた言葉は帳消しにはならない。

「それでもお母さんが口にした言葉はなくなりません」

「分かっているわ……分かってるわよ」

母はコップを強く握りしめる。

精神的に参ってしまっている母の姿を見るのは忍びない……でも少しだけ私は意外に思っていた——私の知る母ならきっと自分の非を認めず、私があんなことを言ったことも斗和君や明美さんのせいにしたと思うから。

「ここ数日……あなたはどんな風に過ごしたの？」

その問いかけに、私は一切の遠慮をすることなく答えた。

「幸せでした――私はずっと斗和君のことが好きで……そしてやっと、本当の意味で彼と想いを交わしました。今までも特に我慢をしたつもりはなかったんですけど、関係が進んだことで今まで以上に遠慮はなくなったと思います。本当に、本当に幸せな数日間を過ごさせていただきました」

私はどんな表情をしているだろうか。

自分で確認することは出来ないが、おそらく母でさえ見たことがないほどに幸せな微笑(ほほえ)みを浮かべているに違いない。

「お母さん、私は酷いことをしようとしていたんです」

「……え？」

唐突な私の言葉に母は目を丸くする。

私は酷いことをしようと考えていた……流石にその内容を母に話すことはないし、このことを知っているのは斗和君だけでいい。

私はクスッと微笑み、母の目を真っ直(まっす)ぐに見つめながら言葉を続けた。

「あの日、斗和君が事故に遭った日が全ての始まりでした。斗和君に対して酷いことを口にした初音さんと琴音ちゃんたち……そしてお母さんも一緒でした――斗和君を傷付けた奴ら全員を許さない……あの頃から私はそんな憎しみを抱いていたんです」

「絢奈が……」

「気付きませんでしたよね？　私、随分と上手く仮面を付けていましたから」

「…………」

母は口をパクパクとさせており、それだけで動揺が見て取れた。

母が抱いていた私のイメージが音を立てて崩れているのかもしれないが、これが本当の私なので信じてもらう他ない。

「でも……そんな私を助けてくれたのが斗和君でした」

「あの子が……」

「はい。仮面で覆い隠したはずの本心を言い当てられただけでなく、こんな私さえも受け入れて前に進もうと……一緒に幸せになろうと言ってくれました」

後はもう、お母さんの知ってる通りだと締め括る。

今までの母なら斗和君の話題が出る度に嫌な顔をしていたので、もしかしたら話を遮られることも考えていた。だけど表情は暗いものの最後まで話を聞いてくれた……本当にこんな母は初めてだ。

「お母さん。私は斗和君が好きです……愛しています」

「……改めて言わなくても分かっているわ。あなたの言葉の端々から彼への想いは伝わっていたもの」

それなら良かったと私は頷く。

「今日帰ってきたのはこのまま斗和君や明美さんのお世話になり続けるのはいけないと思ったのと、いい加減お母さんと話をしないとって思ったからです。正直、私が想像していたよりもたくさんのことを話せた気がしますよ」

「……そうね。私からしたら情報量があまりにも多すぎるけれど、あなたの口から聞けたのは嬉しかったかもしれないわね」

「途中でもう話はやめなさいって癇癪を起こされることも考えていました」

「それは……っ」

母もそれが想像出来たのか、私から視線を逸らして俯いた。

こんな風にばつが悪そうにしてるのも初めて見る……う～ん、今日は母の色んな表情を見る日ですね。

「色々と話しましたけど、私は斗和君とお付き合いをしています。誰よりも幸せになると宣言します――お母さんは反対をしますか？」

私の問いかけに、お母さんは首を横に振った——それはつまり、一切の反対をしないという意思表示と受け取っていいはず。

「ありがとうございます」

「お礼なんて要らないでしょう……あなたは好きな人と結ばれただけなのだから」

だけとは言うけどお母さん……今までのことを考えたら、こうもあっさりと受け入れてもらえるだなんて思わないじゃないですか、まったくもう！

……大事な話をしているのになんでこんなに疲れているんだ私は。

正直なことを言えば、癇癪を起こされることを想定して、母を引かせるレベルで暴れるつもりでもいたんですよ私は!!

「……まあ、そこまでいかなくて良かったですけど」

「え？」

「何でもありません」

何でもないですよなんでも。だから気にしないでください。

一旦気持ちを落ち着かせるために一息吐く……さて、取り敢えず私が言いたいことは伝えられたと思う。

後はそうですね……聞いてみることにしましょう。

「お母さん、聞いてもいいですか？」

「何を？」

「どうして……どうして斗和君や明美さんのことを毛嫌いしていたのかを」

そう、私はこれが聞きたかった。

今まで聞ける機会はいくらでもあったけれど、絶対に母が話してくれないことは分かっていた……けれど今は違う――母は話してくれる……そんな気がする。

「……分かったわ」

母は頷き、そして言葉を続けた。

「他人からすれば下らないと笑われること……そんなことで毛嫌いしていたのかって笑われてもおかしくないことよ」

「それは……？」

「私は彼の……雪代斗和君のお父さんと幼馴染だったの」

「……え？」

幼馴染……は？

母と斗和君のお父さんが幼馴染……？

「えっと……冗談ではなくて？」

「冗談じゃないわ。ちょっと待っていなさい」

そう言って母は立ち上がり自室からアルバムを持ってきた。

「これよ」

開かれたページには数枚の写真が貼られている。

その全てに若い母が写っており……隣には見るからに優しそうで、そして斗和君に似て凄く顔立ちの整った男性が立っている。

笑顔で頬を赤くしている母……私の気のせいでなければ、母は間違いなくこの男性に対して想いを寄せているだろうことが窺えた。

「雪代……涼さん」

「あら、名前を知っているのね」

「……明美さんから聞いたことがあります」

斗和君のお父さんについては明美さんから聞いたことがある。

前にあちらの家に行った時に写真を見せてもらって……その時の写真よりこの写真は若いものだけど面影がしっかりと残っていたからすぐに分かった。

でもこれは確定だ……そうだったんだ。

母は斗和君のお父さんと幼馴染だったんだ。

「涼さん……涼君と出会ったのは小学生の頃で、引っ込み思案の私を凄く気に掛けてくれたのよ。手を繋いで色々な場所に連れ回されたわ」

「引っ込み思案……？　お母さんが？」

「……当時の話よ」

母が引っ込み思案だなんて全然想像出来ないんですけど……えぇ？

気になる部分やツッコミ所は多いものの、こうして母の過去話を聞くことは今までなかったから凄く新鮮……今日は本当になんて日なんだろう。

「私と涼君は仲良く成長していったわ。高校生にもなると本格的に異性を意識する頃だし、私も彼のことを強く意識していた。でも……不良として有名だった彼女に涼君は出会ってしまった」

「……それが明美さん」

「えぇ、その通りよ」

一瞬だけ憎々し気に表情を歪めた母だったが、ふるふると頭を振って再び昔に想いを馳せる穏やかな表情へと切り替わった。

「何がどうあってあんなにも仲良くなったのかは分からないけれど、それからすぐに涼君は彼女と恋人関係になった……私からすればどうしてって気持ちだったの」

「…………」

「包み隠さず言うなら私はただ出遅れたのよ。ずっと好きだった人をポッと出の不良女に横取りされた。私の方がずっと前から好きだったのにって、あの時何度も何度も考えてはふざけるなって彼女を恨んだ」

言葉の端々に母の悔しさを私は感じ取ったのと同時に、これが隠されていたことなのかと納得もした。

「だから斗和君と明美さんを毛嫌いしていたんですか？　お母さんの好きな人と結ばれた明美さんを……その明美さんたちの子供である斗和君を」

「そうなるわね」

「……そんなの、ただの逆恨みじゃないですか」

逆恨みだと、そう指摘すると母は力なく頷いた。

確かに母の気持ちも分からないでもない……幼馴染というのは私にとっても決して無関係の言葉ではないから。

もしも私がずっと好きだった斗和君が他の誰かのもとに行ってしまったなら……もうその可能性がないとしても、それは想像するだけで胸が張り裂けそうだ。

「絢奈の言う通りただの逆恨みだわ。彼が事故に遭った時、直接言わなかったのは良心の呵責（かしゃく）があったのかもしれないけれどね」

「そんな言葉で言い訳をしても……！」

「分かってるわ……私はどこまでも最低な人間だった」

母の表情は苦しそうで、その瞳にはどこまでも後悔の念が浮かんでいる。

私としてはそんな顔をするくらいなら最初からしなければいいのに！　と言いたくなるけれど、流石（さすが）にこれ以上の追い打ちを掛ける気になれない……母にも傷付いてほしいと思っていた私でも、これ以上は無理だ。

「このこと……明美さんは知ってるんですか？」

「涼君が話していれば知っているかもしれないけれど……絢奈だって何も聞いてないんでしょう？」

「……そうですね。何も聞いてないです」

明美さんのことだから、仮に知っていたら私と斗和君に教えてくれるはず……だからきっと明美さんはこのことを知らない。

「ちょっとお茶を飲みますね」

少し落ち着きたくなってお茶を一服……ふぅ、美味（おい）しい。

ついでに空（から）になった母のコップにもお茶を注ぐと、弱々しくではあったがありがとうとお礼が返ってきた。

「……あ」

っと、そこで私の中でビビッと閃いたものがあった。

私は包み隠さず、頭の中に浮かんだそれを全て言葉にして母に聞かせるのだった。

「あの……もしかしてなんですけど」

「何？」

「一先ずは斗和君と明美さんを嫌っていた理由は分かりました。そして次、私に対して修君との時間を大切にしなさいって口酸っぱく言っていたのはもしかして……お母さん自身の想いの実らなかった幼馴染としての過去があったからですか？」

そう言うと母は分かりやすく肩を震わせ、私の考えが間違っていなかったことを教えてくれる。

「……まったく、どれだけ呆れさせるんですかお母さんは」

「うっ……」

うっ！　じゃないんですよ本当に!!

結局判明したことは、なんてことはない行き過ぎたお節介だったわけですか……幼馴染だった修君と仲良かった時期があっただけに、母は過去の自分と重ね合わせて私を悲しませないように、とにかく修君を優先させた。

「その時に思い至らなかったんですか？　友達と遊びたい時間すらも、修君のために使いなさいと言われた私が嫌がることに」

「っ……」

「気付くわけないですよね。だってその結果がこれですし」

「言わないで！」

「言いますよ。ずっとお母さんに振り回され続けたんですから」

「…………」

あ、お母さんの口から魂が抜けかけてる……。

（でもお母さんがこれなら初音さんは……ううん、たぶん修君の幸せを優先しただけに過ぎない……あの人はどこまで行っても自分の家族しか見えていないから）

修君が喜ぶことなら何でもしてあげようとする初音さんだからこそ、傍に私が居て喜ぶ修君だけを優先し……そして琴音ちゃんもそれに影響を受けて、というのがあの家の有り様なんですね。

「ありがとうございます。色々と聞かせてくれて」

取り敢えず、今出来る話はこれくらいだろうと思い私はそう言った。

母はふぅっと安心したように息を吐いたものの、その表情はまだ暗い……こういう時、斗和君が居たらどんなことを口にするんだろう。

「……絢奈」

「はい？」

部屋に戻ろうとしたところで母が私を呼んだ。

今まで母に感じていた嫌な部分、それが急激に小さくなっていることに気付き私は耳を傾ける。

「私は……私は間違ったわ。あなたを決して不幸にさせたかったわけじゃないと言ってももう遅いけれど、これは言わないといけないこと——本当にごめんなさい」

立ち上がった母は頭を下げた。

今までこんな風に母に謝られたことなんてなかったし、私に頭を下げるなんて思いもしなかった。

私はしばらくその場に立ち尽くしていたけれど、母に駆け寄り抱きしめた。

「本当に……本当に遅いよお母さん」

「っ……」

「でも……こうして話が出来て良かったよ。私の方こそ、血が繋がっていることが嫌だな

んて言ってごめんなさい」

あの発言に関して後悔はあまりしていない。

でも……子として親である母に育ててもらった恩はあるし、愛し慈しんでもらったのも間違いじゃない……だから私は謝ったんだ。

「絢奈……っ！」

「わぷっ⁉」

ギュッと、母の豊かな胸元に抱き寄せられた。

(あぁ……こうしてお母さんに抱きしめられるのもいつ以来かな……凄く懐かしくて温かくて……やっぱり私、お母さんのこと嫌いになりきれるわけないんだ)

その時、ふと私は不思議な記憶を垣間見た気がした。

一人の男性が暴言を浴びせる中、母は決して揺るがない強い意志を乗せた瞳でその男性を見つめ返している……私を守るために、こんな風に私を強く抱きしめて。

(私は父のことをよく知らないし、お母さんから聞こうと思ったことは……特になかった。この記憶が意味することが合っているかどうか分からないけれど、このことを尋ねる必要はなさそうかな)

そんな風に自分の中で一つの結論を出し、しばらく母に抱きしめられ続けた。

「お母さん、もういいですか？」

「えぇ……私、こんな風に絢奈を抱きしめたのっていつ振りかしら」

「本当ですよ。記憶が正しければ小学校高学年くらいじゃないです？」

「そんなに……？」

唖然とした表情をしている母には悪いけど、確かにそうだと断言出来る。

もちろん頭を撫でたり褒められたりはよくあったけれど、抱きしめられるなんて本当にそれくらい久しぶりだ。

「お母さん、改めてまたお話しましょう。今日はちょっと疲れてて……」

「あら、そんなに？」

「はい……三十分ほど仮眠をしてきますね」

実を言うとさっきからずっと眠たかったんですよね。

たぶんお母さんと話をしなければならないと緊張していたのと、思ったよりも良い着地点を見つけられたことで安心したんだと思うのだ。

「斗和君はお母さんとも仲良くしたいと、いつまでも関係が悪いままではダメだと言っていました。ですから必ず時間は作ります——斗和君とも話をしてください。ちゃんと向き合って彼を見てください」

最後にそう伝え、私は部屋に戻った。

「……私の言葉、届いたでしょうか」

少なくとも、以前の母とは違う。

それだけ私が口にした言葉が心に響いた証でもあるけれど、荒療治という意味ではあの酷い言葉もマイナスばかりではなかったみたい。

母のこと、私はずっと許せなかった。

でも過去を受け入れて前を向いて歩くことを決めた今だからこそ……私は母を許すことが出来る。

「私と斗和君、お母さんと明美さんで仲良く出来たら……」

そんな願いを口にしながら、私は仮眠のためベッドに横になった。

▽▼

「……さてと、来ちまったわけだが」

寄り道をすることもなく、俺は絢奈の家までやってきた。

近くに修の家もあるので、そちらの家族に見つかって面倒なことにならないよう細心の注意を払っていたけど……不審者みたいに思われてないよな？

「いやいや、そこまで挙動不審じゃなかったしセーフセーフ」

とはいえ……とはいえだ！

目の前に聳え立つは魔王の城……じゃなくて絢奈の家なわけだが、たぶん絢奈は家の中に居るはず……星奈さんも居るのかな？

「絢奈のスマホが手元にある以上連絡は取れないしな……それにもうここまで来ちまった以上は仕方ねえ」

十秒ほど、その場で俺は息を整え……そしてインターホンを鳴らした。

「…………」

ごくっと生唾を飲んでその時に備える——そしてドアが開いた。

「お待たせしました……あ」

出てきたのは絢奈ではなく、彼女の母である星奈さんだった。

絢奈と同じ長い黒髪、黒いニットのセーターに包まれた豊満な肉体、絢奈によく似た整った顔立ち……うちの母さんと同じく、大学生くらいだと年齢詐称をしても通じてしまうほどの容姿だ。

「……こんにちは。絢奈に忘れ物を届けに来たんですけど」

俺……頑張ったと思うよ。

星奈さんが居ることもそうだし、こうして顔を合わせることも予想していたが、実際に彼女を前にすると少し怖気付く。

別に怖いとかそういうことじゃないけれど、何を言われるか分からないというのは思いの外、対応に困るという典型例だ。

「あなたは……」

まさか俺が訪ねてくるとは思っていなかったであろう反応だ。

まあ俺が星奈さんの立場だとしても似たような反応をするだろうし、絶対に訪ねてくるはずのない人間の一人であることは間違いないだろうから。

（……あれ？）

この時、ジッと星奈さんを見つめていたから気付いた。

いつもの澄ましているような表情とは似つかわしくないほどに星奈さんの表情は暗い、というか辛そうだったんだ。

「大丈夫ですか？」

「え？」

だからこそ俺は直球で聞いた。

「とても辛そうですけど」

正直、とっとと帰れくらいの言葉は覚悟していたが……流石に俺のことを嫌っている相手とはいえ、そんな様子を見せられると心配になる。

……まさか、絢奈に何かを言われたとか？

「まさかあなたにそう言われるとは思わなかったわね」

「心配したのが意外でしたか？」

「ええ……あなたにとって、私は会いたくない相手でしょう？」

はい……だなんて本人を前にして正直に頷けるわけないだろ！

でもそうだな……これは良い機会だ。

会った瞬間に拒絶されるなら取り付く島もないけど、星奈さんからこんな風に話を振ってもらえたなら話は別だ。

「正直なことを言えば……そうかもしれません。俺にとってあなたは……その、出会いもそうですがその後のことも決して良いものではありませんでしたから」

「でしょうね」

「はい。幼いながら美人な女性に睨まれるというのは結構トラウマですよ？」

あの時の記憶を俺は識っているし、既に俺の記憶として刻まれている。

あの時、絢奈に向けられた視線から一転して俺に向けられた視線……それは漫画で言うならギロリとした眼光が向けられたようなものだった。

星奈さんは絢奈のお母さんなので物凄い美人……そんな美人に睨まれるという経験は前世含めてなかったけど……本当に怖かったぜ。

「トラウマ……そうね。幼い子に向けるような目ではなかった……本当に私はどうしようもない人間だった」

「…………」

えっと……マジで大丈夫か？

俺を前にしてもこの様子は本当に重症だ……一体何があって星奈さんはこんな風になってしまったんだ？

心当たりがあるとしたら数日前のやり取りと、絢奈が帰ってきて何か話をしたからかな……何にせよ、この状況は絶好の好機かもしれない――俺の言葉を聞いてもらうための。

「すみません、俺の話を聞いてもらってもいいですか？　普段なら門前払いを喰らうところでしょうが、今だけはこの状況を利用させてください」

「……ふふっ、真正面から利用させてと言うのね」

力なく笑った星奈さんには本当に申し訳ないと思うけどね。

俺は気持ちを落ち着かせるために深呼吸をした後、真っ直ぐに星奈さんの目を見つめながら言葉を続けた。

「俺、絢奈のことが好きです。いつも傍に居てくれた彼女、辛い時や苦しい時に助けてくれた彼女が好きなんです」

「…………」

「数日前、お互いにしっかりと話をした上で正式に付き合うことになりました。本来なら絢奈の母親であるあなたにもっと早く伝えるべきでしたけど……その点に関してはすみませんでした」

数日間、絢奈を勝手にこっちで預かったようなものだし……きっと星奈さんは心配していたはずだ。

「連絡の一つでもするべきでした」

「その点に関しては大丈夫よ。一応、絢奈から泊まるということはメッセージで送ってきていたから」

「あ、そうだったんですね……一応連絡などに関しては気にしなくていいとだけ絢奈には言われていたんですけど」

「その後に返事は要らないともあったわ。だから何も返事はしなかったのだけど」

「へぇ……」

思い切りの良い絢奈らしいといえばらしい……のかな？

その時のことを思い出してか少し笑みを浮かべた星奈さん……本当に絢奈にそっくりで綺麗な微笑みを浮かべる人だと思う。

「絢奈のこと……凄く大切なんですね？」

「当たり前じゃないの。たった一人の娘なのだから」

そうだよな……つい当たり前のことを聞いてしまうほどに、絢奈に似た綺麗な微笑みに見惚れてしまったらしい……って、またこういうことを思っていると絢奈に察知されてしまいそうだ。

魔王化した絢奈は一旦頭の隅に引っ込め、俺は伝えるべき言葉を伝える。

「実は絢奈とあなたのことを話しました」

「私のことを？」

「はい――あなたとずっと不仲であることは嫌だと、どんなに時間が掛かっても精一杯あなたと話をして俺たちの仲を認めてもらおうと」

「……そんなことを」

俺は頷き、そしてこう続けた。

「認めてもらう……そしてその先であなたとも良い関係を結びたい。あなたは絢奈の母親です……一切の繋がりを持たないというのも出来ないわけじゃないとは思いますが、そんなのはあまりにも寂しいことですから」

「……待って」

「はい？」

「あなたは……私に対してそんなことを思うの？」

「えっと……もちろんでしょそれは」

星奈さんは目を丸くして俺を見つめている。

そこまでおかしいことを言ったかなと俺の方が首を傾げるけど、絢奈の母親である星奈さんと仲良くしたくない理由なんてないだろう。

まあ毎回出会い頭に暴言でも吐かれたら会いたくもなくなるだろうが、そうでないのもあるし……やっぱりこの人は大好きな人の母親だからな。

「あなたは俺の大好きな女の子の母親です。ずっといがみ合うよりも笑顔で接することが出来たらその方が良いに決まっている……たとえそれが難しくても、俺はその未来をどうにか手繰り寄せたい」

相変わらず呆然としている星奈さんに畳みかけるように、俺は続く言葉で締め括った。

「あなたが俺を認めなくても、俺は認めてもらうまで話に来ます。だから覚悟してください——絢奈が関わると俺は諦めが悪いですから」

これが俺の星奈さんに対する決意表明だ。

……流石に心の底から迷惑だと思われるなら行動を改める……改めるけど！　それくらい俺の意志は固いということを星奈さんには知ってもらいたいんだ。

「……ふふっ、敵わないわね」

ジッと俺を見つめていた星奈さんは笑った……力ない微笑みではなく、絢奈に似た綺麗な微笑みだった。

「えっと……変なこと言いました？」

「いいえ、そんなことはないわ。好きな人のために、諦めが悪いとまで言って動こうとする……あの人にそっくりね」

「え？」

星奈さんは何を言ってるんだ？

彼女の言葉の意味は気になるけど、突然何かに納得したように頷き微笑んだ星奈さんが逆にどうしたんだと心配になってしまう。

彼女は俺を見ているが……俺ではない誰かを見ているような気もする。

星奈さんはふぅっと息を吐き、俺に向かって頭を下げるのだった。

「私はずっとあなたに酷い態度を取り続けてしまった。何も知らず、何も知ろうとしなかった私が愚かだった……ごめんなさい。今更どの面下げてと思われるでしょうが、それでも……それでも謝らせてください――ごめんなさい」

星奈さんからの突然の謝罪に、俺は別にいいからと場を和ますために笑い飛ばすことも出来なかった……それだけ星奈さんの様子からは真剣さを感じたから。

俺は別に謝罪が欲しかったわけじゃないし、比べるのもどうかと思うが初音さんや琴音に比べれば全然星奈さんはマシだと思うほど……俺はこの謝罪を必要とは思っていないが、星奈さんのために受け入れようと思う。

これが俺や絢奈のように、星奈さんも前に進むきっかけになることを祈って。

「分かりました。あなたの謝罪を受け入れます」

「……ありがとう雪代君」

顔を上げた星奈さんは涙を流していた。

俺は思わずポケットに入っていたハンカチを取り出して彼女に差し出す。

（……一時はどうなるかと思ったけど、取り敢えず一件落着と見て良さげかな？）

遠慮しながらもハンカチを受け取り、涙を拭う星奈さん。

結局絢奈はどうしたんだろうと思いつつ……いや、今は星奈さんのことに集中するとしよう。

それからしばらくして涙を拭き終えた星奈さんは。

「ハンカチ、大丈夫ですよ」

「あら、洗って返すわ」

「これくらい大丈夫ですって！」

「そう……？　でもこういうのはこっちが洗うべきじゃ――」

勝手に差し出したのは俺なんだしそんな気遣いは不要ですと言わんばかりに、俺はサッとハンカチを返してもらってポケットに仕舞う。

「……意外と強引なのね？」

「強引……なんですかねこれは」

「ふふっ、どうかしら」

……あ、また良い笑顔を浮かべてくれたな星奈さん。

口元に手を当てて笑みを浮かべる仕草は本当に絢奈そっくりだけど、もう星奈さんの表情に陰りは見られなかった。

初めて出会った時、そしてこの前街で出会った時、その時に浮かべた表情が全て嘘ではないのかと思わせてしまうほどに憑き物が落ちたような朗らかな微笑みだ。

（今ならこんなことを言っても大丈夫かな……？）

雰囲気に身を任すように、ズルいと思いながらもこんな提案を口にしてみる。

「あの……これからちょくちょくここに来てもいいですか？」

そう問いかけると、一切の間を空けることなく星奈さんは頷いてくれた。

「もちろんよ。今更都合が良いと思われるかもしれないけれど、絢奈の笑顔を傍で見られるなら大歓迎だわ。そして何より過去の贖罪……いえ、私もあなたのことをこれからたくさん知りたいわ。絢奈が好きになった人だもの」

「あ……はい！　ありがとうございます！」

一瞬、贖罪と言い掛けたのは謝ってばかりじゃダメと思ったのかもしれない。

そうだよな……もう俺は星奈さんからの謝罪を受け入れているんだし、これ以上の謝罪はもう必要ないんだ。

「雪代君、いつかあなたのお母さんともお話をさせてちょうだい。私は彼女にも謝らないといけないわ」

「あぁ……まあいつでも大丈夫だと思いますけど。母さん……何なら肩を組んだりして仲直りしてやるわぁ、みたいなこと言ってましたし」

「……そうなの」

ま、まあビックリというか唖然とするよな。

母さんは確かに俺のために激怒してくれたけど、俺や絢奈と同じように過去を水に流そうと考えている……これは本当に全てが良い形の決着になりそうで嬉しさが溢れて止まらないぞ！

「とにかく！　俺、凄く嬉しいです……こんな風に良い形で話が纏まるなんて思っていなかったので」

「そうね……って私がそれに同意するのも虫がいい話だわ。悪いのは全て過去を引き摺り続けた私なんだから」

……ごめんなさい星奈さん。

あまりにしおらしい姿が多すぎてちょっと本当に星奈さんかどうか疑っている俺が居ます……はい。

今日だけで星奈さんの印象がコロコロ変わっていく。

流石にお互いぎこちなさは全然抜けていないけど今ならこう思える――この人と良い関係を築いていけることが出来るって。

「あの……ところでなんですが、絢奈はどこかに出掛けてるんですか？」

「あ、そうだったわね。絢奈に会いに来たんだったわね？　帰ってきてからあの子と話をして、その後に仮眠するって部屋に行っちゃったのよ」

「そうだったんですね。ならこれを――」

ここに来た目的でもあるスマホを取り出そうとした時、まるで見計らったかのようにドンドンと階段を下りてくる足音が響いた。

「お母さん！　スマホを忘れたから取りに――って斗和君⁉」

絢奈は俺を見るや否や驚いた表情へと変わったのも束の間、星奈さんに目を向けたと思えば鋭い視線へと変わり……かと思えばすぐに困惑の表情へと変わる。

それもそのはず、だって俺の傍に居る星奈さんは穏やかな雰囲気を醸し出しているから。

「絢奈の忘れ物ってスマホだったのね。確かに雪代君の立場からだと絢奈への連絡手段がないのなら直接来るしかないわね」

「まあ学校まで待っても良かったんですけどね。それでもスマホがないと不便だと思ったんですよ。それに何よりスマホって高いですからね！」

「そうねぇ」

絢奈も案外ドジなのねと星奈さんは笑い、俺もそれに釣られるように笑う。

目をこれでもかと見開き、口をパクパクさせる絢奈の表情は新鮮で……たぶんこんな顔は今までに見たことがないはずだ。

そっちを眺めるのも楽しいと思ったが、星奈さんが声を掛けてきた。

「雪代君……私もあなたのことを斗和君と呼んでもいいかしら？」

「全然構わないです！」

「ありがとう斗和……斗和君。もう帰るの？」

「えっと……まだしばらくは大丈夫ですけどどうしてですか？」

「いえ、もう少しだけ話をしない？　絢奈もこうして起きてきたことだし、あの子も一緒にどうかなって思ったのよ」

「いいんですか？　なら是非お邪魔しようかなと！」

「いらっしゃい。さてと、お茶の用意をしようかしら」

星奈さんに促される形で、俺は初めて絢奈の家に上がった。

……そうかぁ……絢奈の家に入るのってこれが初めてなんだよな……なんつうか凄く感慨深い。

靴を脱いで廊下に上がると、そこで絢奈が口を開く。

「一体何があったんですか⁉　実はまだ寝てて夢でも見ているんですか私は⁉」

さっきの表情を初めて見たというのであれば、こんな大きな声も初めて聞くほどで近所迷惑なレベルだったと言っておこう。

（……やったな俺）

動けば良い方向に未来を進めることが出来る……俺はそれをまた、良い意味で改めて思い知ったのだ。

▽▼

【僕は全てを奪われた】には、いくつか謎があったものの、そのほとんどが絢奈の物語であるファンディスクによって語られ明かされていく。

その中の謎の一つとして挙げられていたのがこれだ。

「……どうして絢奈の憎しみの対象でもある音無（おとなし）星奈は無事だったんだ？」

ゲームをプレイした一部の人がそう呟（つぶや）くが、それに関してもファンディスクで触れられ、後に開発者もゲームの公式サイトでこんな文章を載せている。

『絢奈の復讐（ふくしゅう）対象に星奈も入ってはいたのですが、自身の母親という部分が邪魔をしたのももちろんなんですけど、後になって自分の母親が斗和の父親と幼馴染（おさななじみ）だったことを知ったんですよ。それで自分を重ねてしまったのと、幼い頃に絢奈は星奈に守られていたことも知ったんです。それこそが星奈に復讐せず、許したといいますか手を下さなかった理由ですね』

と語られていただけだったが、星奈が無事だった詳しい理由はこれだった。

たとえ憎しみに染まっていたとしても、絢奈の心には親を想う情が残されていたというわけだ……まあこれを甘さだとか、そこはやってしまえよと思ったプレイヤーも決して少なくはないはずだが、とにかく絢奈は星奈に対し手を出さなかった。

結局ゲームでの星奈の出番はそこまでだったのでその後どうなったかは分からないが、もしかしたら絢奈と和解して共に過ごす未来があるのかもしれない。

「まあでも、絢奈らしいというか……優しいもんなこの子」

プレイすれば分かる——絢奈は優しい子なのだ。

好きな人のために自分の気持ちを殺し、心を鬼にして復讐に身を賭す姿ばかりがクローズアップされてしまうが、絢奈の本質は一途なまでに愛を貫く優しさだ……その優しさも深淵のような怖さを孕んではいるが。

「……お、まだコメントは続いてるな」

男性はそう呟き、目に留まった文章を見つめた。

『ちなみにこれはファンディスクでも語られていないんですけど、何も復讐の全てを絢奈一人で手引きしたわけじゃありません。彼女はそれを為すだけの行動力を秘めてはいますが、まあ……高校生の女の子なのでね。もちろん協力者は居ますよ』

絢奈の復讐に手を貸した協力者……それは一体？

『それを語るのは……蛇足ですしいつか気が向いた時にお話ししましょう』

「なんでだよ!!」

そこは教えろよと男性のツッコミが冴え渡る。

この男性以外にもその秘密を知りたがる人は多いはず……おそらくそれを知れる機会があるとすれば、開発者の気が向いた時か……若しくはこのゲームの世界に転生なんて非現実的なことが起こった時くらいだろう。

「絢奈に協力者……誰なんだろうなぁ」

もしかしたら本編かファンディスクか、どこかにヒントがあるかもしれないと男性はゲームを起動する。

だがしかし、結局ヒントなんて見つからなかったのも当然のことだった。

3章

前世では彼女という存在が居なかった俺にとって、そんな存在と過ごす日常というのは本当に夢だったんだ。

やりたいことはいくらでもあった。

ただ寄り添って会話をするだけでもいいし、手を繋いで登下校というのにも憧れがあった……そして彼女との仲が進展すれば抱きしめ合ったりキスをしたりと、自分に全く縁がなかったからこそ、それは夢と言っても過言ではなかったんだ。

「だからこそ……なるほどこれが彼女持ちの人生かぁ」

俺はそんなことをしみじみと呟く。

絢奈という彼女が出来て数日……このことに嬉しさと感謝を抱かない日はなく、一日の始まり——寝起きの時はいつもこんなことを考えているくらいだ。

「……六時かぁ」

いつも起きる時間より三十分も早いせいか眠たい。

朝の三十分は貴重だが……眠たいってことはまだ寝ろって俺の体は言ってるんだよきっと。

じゃ、寝るか！

「おやすみぃ」

掛け布団を抱きしめるようにしながら体を横にし、俺は束の間とも言える残りの睡眠時間に身を委ね……そして三十分の睡眠は一瞬だった。

（……そろそろ三十分経ったくらいか？）

平日は六時半に起きるというのが体に染み付いているため、二度寝したりどんなに眠くてもその時間帯には目が覚める。

まだ眠気は残っているもののこうして再び目が覚めたということは、きっといつもの起床時間がやってきたんだろう。

「……？」

まあ大人しく起きるか、なんて思った俺だが扉の向こうに気配を感じた。

母さんか……？　そう思ったけどこんな朝方に母さんが二階に来るなんて滅多にないし……でも俺以外にこの家に居るのは母さんだけ……ならやっぱり母さんか。

布団を頭から被りながら扉の方を観察していると、ゆっくりと扉を開けて入ってきたのは母さんじゃなかった。

「おはようございま～す」

小声で挨拶をしながら、そっと入ってきたのは絢奈だった。

昨日帰ったはずの彼女がどうしてこんな時間に……？　そんな俺の困惑を余所に絢奈はニコッと微笑みながら近づいてくる。

どうやら彼女は俺が起きていることには気付いていないらしい。

「斗和君はまだ寝ているみたいですねぇ。一刻も早く会いたくてこんな時間に来ちゃうなんて……まったくもう、どれだけ私は斗和君のことが好きなんでしょうか」

ほう……どうやら絢奈は俺に会いたい一心で、こんな朝早く来てくれたようだ。

「斗和く～ん？　朝ですよ～……ふふっ♪　いいですねこういうの。初めてじゃありませんけど、こうやって大好きな人を起こすのって憧れだったんですから♪」

……二度寝をする前、俺は彼女が出来たらやりたいことへの憧れをいくつか挙げたと思うんだけど、挙げていなかったいくつかに彼女に起こされてみたい、というのもあったんだよなぁ。

絢奈も言ってるけど初めてじゃない……でも、こうして彼女が起こしに来てくれるのってマジで憧れだったんだよ！

「う～ん、実は起きてて私の反応を楽しんでたりとかしてないですよね？」

ギクッ⁉

「斗和君って偶にそういう悪戯をしますし……ちょっと確かめてみますか」

ギクギクッ⁉

「起きてた場合、内心でギクッとか言ってそうですね♪」

何故に分かる？

俺は今まで絢奈と接する中で何度もこの子に隠し事は出来そうにないし、何なら心の内を容易く読まれているような錯覚を抱くこともあったが……もしかしたら俺が知らない能力を彼女は本当に持っているのかもしれない。

（ま、あり得ねえか）

それはないなと内心で苦笑していると、傍に彼女が近づいていた。

「おはようございます斗和君」

「…………」

「寝てますねぇ。今日も可愛くてかっこいい寝顔です♪」

可愛いのかかっこいいのかどっちだい？

俺からすれば斗和の顔面はやっぱりイケメンだし、そんなアマイマスクだからこそ可愛いと言われるのも理解出来る……って、今となっちゃ自分の顔だし、これだと完全にナルシストっぽくなるわ。

(……なんだ？)

俺はさっきまで薄らと目を開けていたが近づいてきた絢奈にバレないように閉じているので、伝わってくる情報は聴覚のみなんだが……物凄く近く、それこそ少しでも顔を動かせば当たってしまう距離……間違いない確実に居る！

「うん……はぁ♪　斗和君の寝顔……最高ですぅ♪」

絢奈さん……思いっきり吐息がかかってるんだが！

吐息だけでなく悩まし気な声も聞こえて朝からドキドキさせられ……でもこんな瞬間さえも彼女を持っている特権と思えば気分は良い。

でも……いつまで寝たフリを続けようかな……？

「何時間でも眺めていられますね。私、それだけ斗和君が好きなんだなぁ」

たぶんこの囁きで俺が起きることを想定はしてないんだろうなぁ……それくらいに俺の寝顔に夢中になってくれているらしい。

こういう時に彼女が好みそうな変顔……じゃなくて、良い寝顔というのを意図的にすることは出来ないし良い感じの寝言というのも難しいもんだ。

「……斗和君。本当に寝ていますよね？」

ドキドキッとヤバいくらいに心臓が鼓動する。

今目を開けると、嘘は許しませんと言わんばかりに瞳孔開きまくりの絢奈が居たりしない？　流石にそんなことはないよね？

なんて、大切な彼女に対し寝たフリをしていた罰が下ったのかもしれない。

「絢奈ちゃん。斗和はまだ起きてないの？」

「みたいです明美さん――一緒に寝顔を眺めませんか？」

？　何を言ってる？

「いいわね！　私も久しぶりに愛しい息子の寝顔を眺めようかしら！」

母上殿、あなたも一体何を言ってる？

傍の気配が二つに増え、絢奈と母さんがジッと俺の寝顔を見つめ続けている気配をもろに感じてしまう。

（寝たフリをする俺への罰は彼女と母親からの見つめられ地獄っすか？　なんだよこの地獄……うん？　地獄か？　いやいや地獄だよ）

その後、俺が自然な感じを装って目を開けたのは五分後くらいだ……つまり何が言いたいか分かるか？　俺は約五分間二人に見つめられる時間を過ごしたということだ。

「いやぁ偶にはいいわねやっぱり！　また機会があったら眺めたいわ！」

「是非にお供します！」

「やめてくれ！」

そんな俺の声が響き渡ったのも仕方のないことだった。

▽▼

「ったく……朝からちょっと疲れたぜ」

「ふふっ、寝たフリをするからですよ♪」

ふぅっと息を吐いた俺に絢奈がそう言った。

どうやら俺の寝たフリは絢奈だけでなく、母さんにもバレていたらしい……それも二人とも部屋に入った瞬間に気付いたというのだから恐ろしい。

今までずっと傍で見ていた絢奈と母さんだから気付いたのだろうけれど、それでもやっぱり盛大にビックリさせられた。

「……へへっ」

「どうしましたか？」

いきなり笑い出した俺に絢奈は首を傾げた。

別にこれは意味がなく笑ったのではなく、微笑みを浮かべるちゃんとした理由があったんだ。

「星奈さんとのことを思い出してな？　あの場に絢奈が居なかったとはいえ、最高の着地点を見つけられたと思ってさ」

「あ……ふふっ、そうですね」

絢奈のお母さんである星奈さん……もしかしたらずっと認められることなく、間に絢奈が入っても和解することなんてあり得ないと思っていた。

けれどそんな相手である星奈さんと話が出来ただけでなく、遠慮なく家に来てほしいと言われるほどにまでなれたのは大きな一歩だった。

「一番驚いたのは私なんですからね？」

確かにそうだったし無理もないかと苦笑する。

家を訪ねた時の星奈さんの顔色は大分酷かったものだが、和解した後はもう笑顔しか溢れていなかった。

『どうしてこんなにも温かな空間を自ら遠ざけていたのかしら……私って本当に愚か者だ

ったのね』

時折そんなマイナスな発言はあったものの基本的には笑顔だった。

そしてどうして星奈さんが俺を……斗和を毛嫌いしていたのか、その理由も全部教えてもらったわけだ。

「まさか父さんと星奈さんが幼馴染(おさななじみ)だったなんて思わなかったよ」

そう……まさかそんな繋(つな)がりがあるなんて夢にも思わない。

前世の記憶を総動員してもそのような情報は一切残っていないので、これこそこの世界の住人として生きることで知ることが出来た真実でもあるわけだ。

(……そこもまた幼馴染か)

幼馴染……ラブコメでは定番の設定ではあるが、この関係性が今までの波乱を齎(もたら)していたと思うと中々に複雑だがな。

「明美さんにはまだ話してないんですよね？」

「そりゃあな……星奈さんが居るならまだしも、居ないところで俺の口から軽々しく語れることでもないと思ってるから」

「そうですよね……」

ただ星奈さんと和解したことは既に母さんには伝えており、もしも機会があれば母さんも話をしたいと言っていたし……何よりかなり唐突な話だったからかなり目を丸くしていたけど。

「ですが良い方向に動いていることは確かです……ねえ斗和君？」

「うん？　なんだ？」

足を止めた絢奈はジッと俺を見上げた。

ぴゅーっと弱い風が吹いて彼女の長い黒髪とスカートを揺らす……そして揺れる前髪から覗く二つの瞳は真剣に俺を見つめている。

「手、繋いで歩きましょう」

「お、おう……」

真剣な眼差しと声音にしては随分と可愛い提案だな……。

俺は言われたままに絢奈と手を繋ぎ、そのまま少しずつ人が増えてきた通学路を歩いていく。

「斗和君はもしかして……未来が視えていたりしますか？」

「っ⁉」

絢奈の言葉に思わず肩を震わせる。

幸いにも俺の動揺が絢奈に伝わってはなさそうだが、いきなりこんなことを言われたら誰だってビックリするさ……まあ、特に俺みたいな奴はな。

「深い意味はないんです。斗和君と一緒に居ることで全部が全部良い方向へと向かっている……まるで未来に起きる悪いことを予測して、私を助けてくれているみたいな……そんな風に思っただけなんです」

そう言って絢奈は微笑んだ。

彼女はとても鋭い……それは前から分かっていたことだけれど、たとえ彼女の中で想像の域を出ないとしてもここまで考えが行き着くなんてな……本当に絢奈は凄い女の子だ。

「そうだよ」

「え？」

だからこそ、少しだけ本当のことを喋ろうか。

「俺はある程度何が起こるか知ってたんだわ。それで自分に出来ることは何か、それを考えて動いてたんだ」

君はたぶん、俺の言葉を聞いて笑うだろうけど。

「……ふふっ♪　やっぱり斗和君は凄いですね！」

「その笑顔は全然信じてないなぁ？」

「そんなことないですよぉ♪　まあでも、そこまで想われるというのはとても素敵なことですね……斗和君大好きです♪」

俺の予想通り、彼女は笑ったが最大級に甘い爆弾をお見舞いしてきた。

絢奈は手を繋ぐだけでは満足出来なくなったようで、俺の腕をギュッと抱きしめるように身を寄せてきた。

「今日はこのまま教室まで行ってしまいましょう！」

「せめて校門までにしてくれ？」

「え～」

いや、別に嫌じゃないんだぞ？

でも必要以上に学校でイチャイチャしまくってると、先生方から注意をされるらしいからな……その証拠に先輩カップルが引っ付きすぎだと注意されているのを見たことあるし。

「むぅ……仕方ないですね。まあ学校でイチャイチャしたかったら隠れてすればいいだけですし。今までと同じように♪」

「だな」

「そこはダメだって言わないんですね？」

「言わないよ俺だって絢奈とイチャイチャしたいし」

「……っ」

「そこで顔を赤くするんだ？」

「……自分でも分かりません。だって言葉で照れてしまう以上のことなんていくらでもしてるわけじゃないですか。でも斗和君がくれる言葉は何でも嬉しいですし、今みたいに当たり前のような雰囲気で言われるとズキューンって来るんです！」

「バキューンって撃ち抜かれたわけだ？」

「その通りです‼」

……ほんと、なんでこの子ってこんなに一々可愛いんだろうなぁ。

なんてことを伝えると更に顔を真っ赤にしてしまい、本当に撃たれてしまったリアクションさえしそうな勢いだ。

「……くっ」

「な、なんで笑うんですか！」

「ごめんごめん。別に絢奈を揶揄うつもりとかじゃないんだ」

「じゃあどうして？」

「色々な表情を見せてくれる君が傍に居る……可愛い表情をばかり見せてくれる君が傍に居る……その幸せを噛み締めただけさ」

「……～っ‼」

あぁクサい、あまりにクサいなぁと恥ずかしくなる。

ただ恥ずかしいのは俺以上に絢奈のようで、彼女はポコポコと軽く叩いてくる。

「ちなみに今の威力はどれくらいだったの？」

「……胸の中で愛の爆弾が爆発するくらいです」

愛の爆弾って初めて聞いたぞ。

今日は色んな言葉が絢奈から飛び出すだけでなく、可愛い表情をいくつも見せてくれるものだから一日の始まりとしては最高以外の言葉が見つからない。

さて、そんな風に絢奈と見つめ合っていた時だ。

「あなたたち……少しは時と場所を考えたらどうかしら？」

鈴のような声が鼓膜を揺らし、強制的に視線を絢奈から動かされる。

その声が誰のものであるかはもちろん分かっていたが、俺と絢奈は同時にそちらへと目を向けた。

「おはよう二人とも。朝から随分とお熱いわね」

呆れた表情を浮かべつつも、その瞳には確かな優しさが湛えられている。

彼女――伊織は俺たちの横に並んだ。

「おはようございます会長」

「おはようございます本条先輩」

伊織はもう一度おはようと言った後、周りを見ながら言葉を続けた。

「さっきも言ったけど場所を考えなさい。悪いこととは言わないけれど、それなりに目立っていたから」

「うぅ……ごめんなさい。でも斗和君がぁ……」

「俺が悪いのか？」

それに関しては異議申し立てをさせてもらう！

確かに俺がクサい台詞を口にしたのが原因ではあったが、元々は絢奈が話の流れを生み出したわけで……って、それでも俺が悪いのか？　やっぱり何となくそんな気がしてしまい口を閉じる。

「何よ何よ。音無さん是非とも教えてほしいわね」

まるで面白い玩具でも見つけたように、伊織は目を輝かせて絢奈にそう言った。

絢奈は特に言葉を濁したりせず、どんな会話を俺たちがしていたのかを伊織に伝えたのだが……彼女はすぐにまた呆れたような顔をして口を開く。

「結局イチャイチャしてたのね？」

結果的にはそうなるなと俺と絢奈は苦笑しながら頷いた。

「誰かに迷惑を掛けているわけではないから、これ以上は言わないでおきましょう。その代わりと言ってはなんだけれど、ここからは私も一緒でいいかしら？」

伊織の提案に俺と絢奈は頷いた。

それから三人並んで学校へ向かう中、俺はというと少しだけ二人から一歩引くように歩いている。

（流石に今の会話には入れないな）

今は二人でどこの化粧品を使っているのか、どんなヘアケアをしているかなど完全な女子トークと化してしまっており俺は蚊帳の外だ。

ただこうして女子だけの会話を聞くというのもいい経験というか、普段聞かない話題だからこそ勉強になることもある。

「やっぱり音無さんと話をするのは楽しいわ」

「そう言っていただけて嬉しいですよ」

「それに……あ、ごめんなさい雪代君。音無さんを独占しちゃったわ」

「いえいえ、楽しそうに話す二人を眺めてるのも楽しいですから」

別に絢奈を取られて寂しいと感じたらその日の放課後に目いっぱい甘えてしまえばお釣り以上だもんな。

「へぇ？　凄く余裕というか、音無さんのことをどこまでも信頼している目ね」

「ふふっ♪　仮に寂しい時間が出来てしまったら、その日の内にどちらかの家に行って解消すればいいですもんね♪」

「……まあな」

ベッタベタの甘い関係を露骨に匂わせる言葉だけでなく、口元に指を当てながらの仕草は妖艶だ。

絢奈は決して意識したわけではなく極々自然に出たものだろうけれど、そんな彼女に伊織を含め周りを歩いている生徒たちがドキドキしている様子が伝わってくる。

（本当に色んな意味で凄いよなこの子は……）

俺だけでなく周りまで際限なしにその魅力の虜にしていく。

底の見えないヒロイン力は常に肌身で感じているのだが……だからこそ目が離せなくなるのも贅沢な悩みってやつだ。

「っ……気を抜いていたら雰囲気に呑まれそうだわ。傍に雪代君が居る時の音無さんは凄いのね」

「愛の力ですよ愛の！」

「はいはい分かったわよ……音無さんってこんなキャラだったかしら？」

「いや……まあ何も変わってないですよ」

伊織に聞かれ俺はそう答えた。

確かに今までの絢奈を知っている人からすれば、こんな風に言葉でも愛情表現をしまくる姿は新鮮に見えるんだろうな。

「どんな姿も絢奈の持つ一面なんですけど、こんな風に表情豊かなのが本来の絢奈です。昔からずっと一緒に居るから分かりますよ」

「そうなのねぇ」

今のように大和撫子という言葉を体現する姿もまた絢奈の姿であり、幼い頃の天真爛漫な姿も絢奈なんだ。

心の余裕と俺との間にあったきっかけのおかげで、俺以外の人の前でもそれなりに親しければ天真爛漫さが見え隠れしているのも良い傾向だと思っている。

「でもなるほどね。これなのね音無さん？」

「分かりましたか本条先輩」

「……なんだよ」

たぶん何を言ったところで絢奈のことになると甘々な言葉が飛び出してしまうことを言っているんだろうなぁ……こればっかりはもう諦めてもらうしかないだろだって俺だぞ？

「幼馴染(おさななじみ)ってのもありますけど、ただでさえ可愛い彼女なんですからこういう風にもなりますよ。会長だってもしも自分が男だとして、絢奈が彼女だったらこうなりません？」

「そんな仮定の話をされても分からないわよって言いたいところだけど、確かに音無さんが彼女ならそうなりそうだわ」

「でしょう？」

「ええ」

ちなみに、俺と伊織はこの会話を絢奈の顔を見ながら続けていた。

彼女は俺たち二人を見つめながら段々と顔を赤くしていき、今は既に恥ずかしさで俯(うつむ)いてしまっているが、それも全部俺と伊織はバッチリ見ている。

「可愛いでしょ？」

「可愛いわね」

「もうそこまででいいですから！」

よし、これ以上は流石に絢奈がかわいそうなのでやめておこう。

「まったくもう……朝から酷(ひど)い目に遭いましたよ」

「朝から良いものを見せてもらったわ。ねえ、また登校途中に出会うことがあったらこうやって一緒になってもいいかしらね？」

俺はまあ構わないけど……絢奈に目を向けると、彼女も一切不満そうな顔をすることはなく頷いたので問題はなさそうだ。

「そこまで頻繁に一緒になることはないでしょうし、あなたたちの空間を邪魔することはしないから安心してちょうだい」

「別にそこまで心が狭いつもりはないですけど」

「そうですよ。遠慮せず声を掛けてもらえると俺たちも嬉しいですし」

「そう？　なら遠慮なくそうさせてもらうわ♪」

そんな約束をしてから俺たちは歩みを再開させ、程なくして学校に着いた。

伊織とは下駄箱で別れ、俺と絢奈は自分らの教室へ……だがその途中、俺は中々に興味深い光景を目にすることになる。

「……うん？」

「どうしました？」

急に足を止めた俺に絢奈が首を傾げ、彼女も俺の視線の先を見て動きを止めた。

「あれは――」

俺と絢奈の視線の先……そこに居たのは相坂と真理だ。

小柄で分かりやすい元気オーラを放つ真理は遠目でもすぐに分かるし、どこから見ても何故か判別出来てしまう丸刈り頭は間違いなく相坂である。

「あの二人が話してるなんて珍しいですね」

「同じ学校の生徒同士だしあり得なくはないけどな」

でも何だろう……俺の中のセンサーがあの二人に反応している気がするのだ。

相坂は背中を向けているため表情を窺い知ることは出来ないが、真理はニコニコと相槌を打っていて楽しそうな様子……っと、話が終わったみたいだ。

背中を向けて真理が歩いていき、相坂がこちらに体を向けたところで俺と絢奈はあっと声を出す。

「あ、顔赤い」

「あ、嬉しそう」

顔を赤くして嬉しそう……俺たちから出てきた言葉は違ったが正にその通りだ。

相坂はニマニマと嬉しそうな表情を隠し切れない様子なだけでなく、顔も赤くて照れているのが見て取れる。

(そういやあいつ……年下の誰かが好きっぽいみたいな雰囲気あったよな)

色々とカマを掛けて年下に好きな人が居るっぽいというのは分かっていたが、もしかして……もしかして真理がその相手だったりするのか⁉

「相坂の奴……真理が好きなのかもしれん」

「……え⁉」

確信がないとはいえ、あの相坂の姿を見ると勘ぐってしまうのも仕方ない……でもだからといってこのことを問い詰めるつもりもない、当然だけどな。

「ま、あくまでかもしれないってだけのことだ。前、あいつに好きな人は居ないのかって話をした時、試しに年下かって言ったら顔赤くしてたからな」

「なるほど……ですがあれは完全にそうじゃないですか？」

「……う～む」

俺と絢奈が見た光景は同じだけど感じ方は違う……男の俺と違い、女である絢奈の目線ではあの相坂の様子は完全に真理が好きだと見えるようだ。

さて、そんな風に話の途中だがこちらに向かって歩いていた相坂が気付いた。

「お、雪代に音無さんじゃんおはよう！」

「……おはよう」

「おはようございます相坂君」

お前、声がいつも以上に元気だな……これは確定か？

「いつもそうですが、今日はいつも以上に元気じゃないですか？　何か良いことでもあったんです？」

「え？　あ……あぁいや特に何もなかったけど？」

いやいや、目が泳ぎまくってるからな？

遠目とはいえ俺と絢奈がさっきのことを見ていたとは思っていないらしく、ゴホゴホとわざとらしく咳をして相坂は誤魔化す。

「じゃ、じゃあ俺は先に教室に行くぜ！　また後でな二人とも！」

ササッと野球部で鍛え上げた脚力を発揮するかの如く相坂は走っていった。

そんな速さで走ったら先生に怒られるぞと注意をする間もなく、姿を消した相坂に圧倒された俺たち……だが、ボソッと呟いた言葉は一致していた。

「確定やな」

「確定ですね」

そうか……そうだったのかぁ。

まあさっきも思ったけど別に確定というわけじゃない……ないんだが！　それでもあの相坂の様子はあまりにも正直すぎる。

「取り敢えず俺たちも教室に行こうぜ」

「そうですね」

ということでようやく俺たちも教室へ向かうことに。

その途中で、相坂についてはやはりまだ確定ではないので、そのつもりで話を聞くようなことはしないとお互いに約束した。

「……ふぅ」

絢奈と一緒に登校し、途中で伊織が加わったりと……今日は朝から一段と濃い時間だったせいか席に着いた瞬間に疲れが押し寄せてきた気がする。

朝礼までは時間があるし軽く目を閉じて寝ちまおうか、なんて思った時だった。

「雪代」

「え？」

突然に声を掛けられ、俺はビックリしながらも視線を向けた。

俺に声を掛けてきたのは藤堂さん——最近、染谷との間で何かと話題に事欠かない絢奈の友人だ。

「どうしたの？」

「どうしたのって……ほらあれよ」

藤堂さんは黒板の片隅に指を向けて見なさいと促す。

「……あ、そういうことね」

そこには俺と藤堂さんの名字が書かれている——つまり今日の日直というわけだ。

「一応よろしくねってことを伝えたくてね」

「律儀だな」

「……絢奈に羨ましいって嫉妬されてるんだけど」

「え？」

チラッと藤堂さんから視線を外し、自分の席に座る絢奈に目を向けた。

彼女は他の友人たちの会話に頷いてはいるものの、しっかりと視線だけはこちらに向いているという器用さを……いや、あれって話は頭に入ってるのだろうか。

「なんか……ごめんな？」

「……ま、別にいいんだけどね。雪代と付き合うようになってから今まで以上に可愛い顔を見せてくれるようになったし。私たちの中でも絢奈ってアイドルみたいなもんだから目の保養ってね」

「へぇ……なんつうか、君からこんな風に今まで絢奈のことを聞くことはなかったから新鮮だよ」

「言われてみればそうね。話をするのは別に初めてじゃないけど、絢奈のことについてここまで話をすることはなかったし」

うんうんと俺は頷く。

普段あまり話すことのない相手であっても、元々の斗和としての気質がそうさせるのか全然物怖じすることもなければ上手く相手の話に合わせることが出来る。

（まあ俺自身、人と話をするのは好きだしな）

自分の中の言葉に対し、またうんうんと頷くと流石に藤堂さんから変な目で見られてしまった。

「雪代君ってちょっとおかしな人？」

「誤解だ」

分かってたけど藤堂さんって結構歯に衣着せぬ言い方するよね。

そんなやり取りがあったが藤堂さんとの話は盛り上がり、いつの間にか絢奈が傍に来ていることにすら気付かないくらい夢中になっていた。

「随分と楽しそうですね」

「うわっ出た!!」

「刹那、人をお化けみたいに言わないでください」

絢奈はジトッとした目を藤堂さんに向けた後、俺の背後に回った。

彼女は胸元を俺の頭にくっ付けるように密着し、オマケ程度に肩に手を置いて優しく揉んでくれる。

「ナチュラルに引っ付くのね。絢奈ってばどれだけ雪代が好きなのよ」

「見て分かりませんか？」

「分かるわよ……というか本当に不思議だわ」

「何がです？」

「目の前でそういう風にされても全然イラッとしないし、いつも思ってるけどもっと見てたいなって思っちゃうのよね？」

それは……まあそう思われるのは光栄なことか。

絢奈の友人ということもあるし、何より話してて分かったが藤堂さんは性格が良く優しい女の子だ。

だからこそ今の言葉に嘘はないだろうし、本心からそう思ってくれているようだ。

「それで絢奈？　何か用があったのか？」

「あ、そうでした。別に二人が思いの外仲良くしていることが気になったとかそういうことじゃないんですよ」

「絢奈絢奈、早口早口」

「うるさいですよ」

そこそこ強い語気でうるさいと言われた藤堂さんだが、全く不快そうな顔をせず逆にケラケラと心底楽しそうに笑っている。

「ごめんごめん。まさかこんな形で絢奈を揶揄うというか、軽口を叩ける日が来るなんて思わなかったから楽しくって」

「あなたはいつも楽しそうだった気もしますが」

「お気楽な奴って言いたいわけ？」

「元気で素晴らしいということですよ。あなたの笑顔は私を含め、みんなを元気にしますからね」

「……ありがと」

えっと……いきなりこんなてえてえな空間を見せられる俺の立場よ。

さてと、そろそろ先生がやってくるだろうし、日直としての一日の始まりだから気合を入れなければ。

「あ、斗和君」

「うん？」

「先生から日誌を受け取ったら私に渡してください」

「え？　なんで？」

「どうしてよ」

絢奈の言葉に俺と藤堂さんは同時に疑問の声を上げる。

絢奈は俺の背後から離れ、目の前で満面の笑みを浮かべながら彼女はこう言葉を続けた。

「全部私が終わらせてあげますよ」

「ダメだろ」

「ダメでしょ」

俺と藤堂さんに同時ツッコまれ、絢奈はむぅっと頬を膨らませるのだった。

▽▼

時間は流れて放課後だ。

藤堂さんとの日直は、特に問題もなく、絢奈に日誌を任せるなんてこともせずちゃんと自分たちでやり切った。

職員室に居る先生に日誌を提出し、俺と藤堂さんは教室に戻った。

「おかえりなさい。斗和君に刹那も」

教室に入ると一番に絢奈がそう声を掛けてくれた。

「おう。藤堂さんもお疲れ」

「雪代もね。今日は相方としてありがと♪」

いやいや、そう言ってもらえて嬉しい限りだよ。

実は一緒に日直の仕事をする中、俺じゃなくて染谷と日直をしたかったんだろうなと思いつつも、こうして無事に終わって何よりだ。

「よお雪代。刹那が何か迷惑を掛けたりしなかったか？」

まだ教室に残っていた染谷が俺にそう言うと、藤堂さんが「はあ？」と言って染谷の正面に立つ。

「迷惑って何よ。具体的に言ってもらおうじゃないの」

「い、いやその……」

「ほらほら～言ってごらんなさいよ聞いてあげるからさ～、あ～ん？」

「……ごめんなさい」

頭を下げた染谷だが、しばらくして顔を上げた彼は非常に楽しそうでそれは藤堂さんも同じようだった。

「ねえ、今から力ラオケ行かない？」

「いいねぇ、行こうぜ！　ちょっと待っててくれ」

「ゆっくりでいいわよ」

「そう言われても急がせてもらう！　早く行きたいからな！」

染谷は言葉通り瞬時に帰り支度を終わらせた。

そこまで藤堂さんと遊びに行きたいのかよと微笑ましくなるが、藤堂さんも同じような反応なのでこう……ちょっとニヤニヤしてしまう。

「斗和君、ニヤニヤしてますよ」

「おっと失礼……でも分かるだろ？」

「分かりますよ。微笑ましい光景ですね」

そんなやり取りをしつつ、俺も帰り支度を済ませて絢奈と一緒に教室を出た。

「どこか寄る？」

「斗和君が行きたいならどこへでも」

おっと、それは少し考えさせられる言葉だな。

真っ直ぐ帰ってもいいし喫茶店やカラオケなんかに向かってもいい……う～んどうしようか。

取り敢えず歩きながら考えようかとなり、下駄箱を出て外へ。

絢奈と並んで歩いていると、ちょうど校門の向こうから体操服姿で走ってくる真理を見つけた。

「あ！　絢奈先輩に雪代先輩！」

俺たちを見つけた途端、ぱあっと笑顔を浮かべて真理は近寄ってくる。

もしも尻尾が生えていたらブンブンと振り回されているような、そんな小動物を思わせる真理の様子に俺は自然と頬を緩めた。

「真理ちゃんって子犬みたいですよね」

「同じこと思ったよ」

微笑ましく見てしまうというか、真理が小柄なのもあって年齢以上に年下扱いしてしまいそうになる……つまり可愛がりたくなるんだ。

それはどうも俺より絢奈の方がそうしたそうだが。

「お二人はこれから帰りですか？」

「はいそうですよ。真理ちゃんは部活、頑張ってますね」

「はい！　再来週には大会もありますし、今から更に仕上げていきます！」

真理はグッと握り拳を作り笑顔から一転、やる気に満ち溢れた表情になった。

それでも可愛らしさは一切抜けないが、その表情には多少の凛々しさが宿っていて新鮮だ。

「むむっ、何やらお二人から生暖かい視線を感じます！」

「そうか？」

「そうですか？」

「あれ……気のせいですかね」

変なことを言ってすみませんでしたと頬を掻きながら真理は頭を下げた。

「別に謝ることじゃないぞ？」

「そうですよ真理ちゃん。あながち間違いでもないですから」

「え？」

笑顔から凛々しい顔付き、そして次はポカンとしたような顔だ。

次から次へとコロコロ変わる真理の表情がツボッたようで、絢奈は手を伸ばして真理の頭を撫で始める。

「よしよし、真理ちゃんは可愛いですねぇ」

「えへへぇ〜♪」

「……犬じゃなくて猫だな」

これは犬じゃなくて猫だな……まあどちらも悪くない表現だけど、纏めるとそれくらい表情豊かな真理は可愛いということだ。

（修と距離を取る……か）

ただ、こうして真理を見ていたら伊織が言っていたことを思い出す。

元々そうなるように仕向けられた出会いとはいえ、修の人柄に触れて真理はあいつに好意を抱いたはず……嫌いになったり呆れたわけでもないみたいだが、この子が距離を置こうと考えるほどに修は変わった……変えてしまった。

「っ……」

思わず考えすぎだと頭を振った。

確かに原因は俺にあるようなものだが、絢奈とのことを考えたら結局は前に進む他なかったしな……もちろん後悔はしていない。

あのままズルズル引き摺る方がもっと悪い方向へ動いたと思うからだ。

表情の変化に絢奈がすぐに気付く……それもあって俺は気持ちを切り替え、俺は真理に声を掛ける。

「俺たちとこうして話してるけど真理は部活中なんだろ？」

「あ、全然大丈夫です！　戻ってきたら十五分ほど休憩になっていますので！」

どうやら問題はないらしい。

まあそうは言っても俺たちはもう帰るつもりだし……これ、帰るって言ったら寂しそうな顔をしたりしないよな？

「えっと……あ〜……はい」

「絢奈先輩？　どうしたんですか？」

「いえいえ、えっとですねぇ……どうしましょう斗和君」

「そこで俺かよ！」

「⁉」

たぶん、絢奈も全く俺と同じことを考えていたんだろう。

真理の小動物的可愛さは人をその場に縫い留める力がある……全くの他人ならそんなことはないだろうけど、俺と絢奈は真理とそれなりに親交があるせいで尚更足を動かしづらいんだ。

勇気を出せ……勇気を出せよ雪代斗和！

「絢奈、俺たちは帰ろう――」

「……あ、そうですよね。お二人は帰っちゃうんですよね……」

「…………」

勇気を出して帰ろうと提案した瞬間、真理がシュンとするように肩を落とす。

くそっ……くーんって元気なく犬が鳴く姿を幻視するのは気のせいだよな？　誰でもい

いそれは気のせいだと言ってくれ！

「……真理ちゃん、恐ろしい子」

「え、ええ⁉ なんで私が恐ろしいんですかぁ⁉」

「無自覚なところも恐ろしいです」

「なんでですかぁ‼」

……なんか、絢奈が近所のちびっこを相手にするお姉さんみたいだ。

とはいえこれだと本当に帰り時を見失いそうだが、そんな俺たち三人の意識を引く音が鳴り響く。

カッキーンと金属音……バットでボールを打った音だ。

「この音……外で部活をするので良く聞くんですけど、その度に目を向けてしまうんですよね」

そう言ったのは真理だ。

この場所から校庭の全体を見ることは出来ないが、真理はそちらに目を向けて言葉を続ける。

「一生懸命にボールを追いかける姿を見ると、私もあんな風にたくさん走って頑張らないとなって思うんです！」

なるほどな……同じ運動部として頑張ってる野球部を見て、自分の頑張りへの糧とするわけか。

どこまでも前向きに、どこまでもポジティブな真理らしい言葉だ。

「あ、相坂先輩です！」

っと、そこで俺と絢奈はぎゅいんと効果音が付くほどの勢いで視線を動かす。

今の俺たちにとって真理と相坂という組み合わせに反応しないわけがなく、向けた視線の先では相坂がボールを拾っている姿が目に入る。

「……えへへ、相坂先輩も凄く頑張ってますよね。野球部の人って体格が良くて怖いイメージがあったんですけど、相坂先輩は凄く優しくて楽しい方なんです。確かお二人と同じクラスですよね？」

「あぁ」

「そうですよ。関わりがあったんですね？」

お、ナイスだぞ絢奈。

絢奈からそう聞かれた真理だが、特に隠すつもりがないのかスラスラと話してくれた。

「特別なことは何もないですよ。校庭の隅でストレッチをしていた時にボールが転がってきて、それを手渡したのが始まりです。フェンス越しとかでも走ってる時に目が合ったら私も手を振ったりすることがありまして」

「そうだったんですね」

「……へぇ」

何だろう……とてつもなく甘酸っぱい青春の気配がする。

相坂に関して何となく分かったような気がしてきたところで、真理の方から休憩が終わるからと走っていってしまったのだが、途中で振り向いたりするのだから困ったものである。

「さてと、真理も行ったし帰ろ……絢奈？」

結果的に真理から部活に戻っていったので俺たちも帰ろうか、そう思って声を掛けたのだが絢奈の様子が少しおかしかった。

遠ざかっていく真理の背中を見つめながら絢奈がボソッと呟（つぶや）いた。

「……少し前の私はあんなに良い子まで傷つけようとしていたんですね」

その言葉を聞いて、俺はトンッと絢奈の肩に手を置く。

ビクッと体を震わせた彼女に見つめられながら、俺はこう伝えた。

「それも全部、もう訪れることのない未来だろ？　もう絢奈は大丈夫――絶対にそんなことにはならない」

しようとしていた……でももうそれをすることはない。

ならば過程はどうであれ、それを気にすることないんだ……だからそんな顔はするなと伝えると、絢奈はクスッと微笑んだ。

「そうしようとしたことは己の罪として刻みはしても、前を向くことへの足枷とするべきではない……ですね。斗和君、ありがとうございます。あなたの言葉はいつだって私を救ってくれます」

「そう言ってもらえると嬉しいよ。仮に何かあってまた絢奈が黒くなっちまいそうになったら思いっきり抱きしめてこっち側に引き戻すよ」

「それは……ふふっ、はい♪」

そんなことはもう一生来ないだろうがな！

「斗和君、これからボウリングにでも行きませんか？」

「お、行くか？」

「はい！　思いっきりぶん投げて嫌な気持ちを吹き飛ばします！」

おぉ……絢奈の目が燃えてる！

これからのことについては歩きながら考えるつもりだったので、絢奈の方から提案をしてくれたのはちょうどいい。

何気に絢奈と二人でボウリングに行くのも久しぶりなので、思いっきり楽しむとするかぁ!!

▽▼

五月を目前に控えたとある日のことだ。

翌日が土曜日ということもあって、学校が終わって絢奈が着替えの入った荷物を手に家にやってきた。

「お泊まり♪　斗和君のおうちにお泊まりです♪」

明日が休日となれば、絢奈が泊まりに来るのももはや珍しくない。

あれから星奈さんともしっかり連絡を取り合ってのことなので、星奈さんと和解出来ていない頃に比べれば気持ちはとても軽やかなものだった。

「学校に居る間もずっと家に来るの楽しみにしてたもんな？」

「それはそうですよ。だって斗和君との時間が増えるんですから♪」

もうさ……一言一言が俺の心にクリティカルに刺さってくる。

つい彼女を抱きしめたくなり、腕を伸ばして包み込もうとすると絢奈の方から俺の胸へ飛び込んでくる。

「はふぅ……幸せですぅ♪」

可愛い……それしか言葉が出てこない。

そんな風に絢奈を抱きしめながら時間を確認する……もう七時だ。

今日、絢奈が来ることは母さんも知っており、いつもより少しだけ豪勢な夕飯にしようということでしゃぶしゃぶを予定している。

食材は俺と絢奈で買い揃えたので後は母さんが帰るのを待つだけだ。

「母さん、遅いな」

「そうですね……何もないといいんですが」

「母さんに限ってそんなそんな」

「それもそうですね」

別に俺たちが母さんを心配していないというわけじゃなくて、これも母さんのことを分かっているからこその信頼に他ならない。

それからしばらく絢奈と抱き合いながらテレビを見て時間を潰し、そしてようやく母さんが帰ってきた。

「たっだいま〜！」

玄関から聞こえてきた声に俺は立ち上がった。

母さんを出迎えるために玄関に向かった俺だが……ある意味で、完全に油断しきっていた俺は言葉を失う光景を目にすることになるのだった。

「……はっ？」

そこに居たのは母さん一人じゃない……もう一人居た。

「な……なんで？」

思わずそんな言葉が漏れて出る。

それもそのはずだ……だって……だって母さんと一緒に居たのは星奈さんだったから。

「ちょっと街中で見かけてねぇ！　それでちょうどいいから連れてきたわ！」

「……こんばんは斗和君」

ニコニコと笑顔の母さんに肩を組まれた星奈さんはそれはもう疲れた顔をしており、無理やりに近い形で連れてこられたんだろうことが窺える。

取り敢えず一言よろしいか？

母さん……あなたは一体何をしとる？

「…………」

「…………」

場所はリビングの一角！

キッチンの方では絢奈と母さんがキャッキャとしゃぶしゃぶの支度をする中、俺は星奈さんと向かい合っていた。

「…………」

「…………」

既に俺と星奈さんの間にわだかまりはないとはいえ、母さんによって齎された突然の訪問……そりゃこうなるってもんだ。

チラッとキッチンを見れば静かな俺たちと違い、絢奈と母さんはそれはもう楽しそうにしており、俺たちとの対比を表す言葉としては間違いなく陰と陽だ。

（でもいきなりだったんだからこうもなるって……けど、星奈さんの方はそれはもう心細いはずだ。頼みの綱である娘はあっちに居るわけだしな）

ならば、ここは俺が頑張るしかあるまい！

戦に立ち向かう武士のように心を奮い立たせ、俺は口を開いた。

「その……災難でしたね？」

「……本当よ」

「あ……はい」

「……本当よ」

「……はい」

俺……弱すぎて泣きたくなる。

災難でしたねと問いかけた時、こちらに向いた星奈さんの目は、見れば分かるでしょうとでも言いたげなだけでなく、声からは疲れも感じ取れた。

表情から分かりやすいほど憔悴（しょうすい）しているわけではないが、それでもこの家に居ることが星奈さんにとってはかなり気まずいんだろう。

「……よしっ」

なら尚更（なおさら）、俺が頑張らないとじゃないか。

俺としては母さんが星奈さんと仲良くしてくれるなら是非もないし、星奈さんも母さんと良い関係を築きたいと前に言っていたので、それならこの状況はまたとない機会なんだ。

「星奈さん、こんな形ですがまた会えて嬉しいです」

「斗和君……」

「いずれこういう機会を設けたいとは思っていたんです。星奈さんはまだ心の準備が出来ていないとは思いますけど、母さんも悪気はないと思うので……息子としてそれだけは言わせてください」

悪気……ないよな？　信じてるぞ母さん？

まあこれに関しては心配はしてないけどね……けどこうして話を振ったおかげか星奈さんの表情が良くなっている。

「分かっているわ。いずれ話をしなければならないと、そう思っていた相手と鉢合わせしたのは心臓が飛び出るくらいに驚いて……グッと肩を組まれた時は昔を思い出して怖かったけれど私も勇気を出さないとって思ったから」

「…………」

すみません星奈さん。

話だけ聞いてたら完全に母さんが悪いんですが……でも言葉とは裏腹に星奈さんは笑顔

で話を続ける。

「だから大丈夫よ、斗和君」

「……あはは、なら良かったです」

それならあまり心配は必要なさそう……かな？

一旦言葉を止めて星奈さんはチラチラと周りを見回す。

「何か気になる物とかありますか？」

「……とても温かいおうちだなって思ったわ」

おぉ……めっちゃ嬉しいことを言ってくれるじゃないか。

この家には俺と母さんしか住んでないけれど、寂しいと感じたことはない……それだけ俺もこの家の温かさは身を以て感じている。

絢奈も同じことを言ってくれることがあったけど、その母親である星奈さんにもそう言われたことが俺は凄く嬉しかったんだ。

「は～い、準備出来たわよ～」

「斗和君、お母さんもこっちにどうぞ」

お、ついに夕飯の準備が出来たみたいだ。

聞こえた母さんの声にまた星奈さんが肩を揺らしたことに気付いて、俺は彼女の手を取った。

「行きましょう星奈さん」

「……本当に、優しいわね斗和君」

「ま、これくらいならいくらでも」

まるでお姫様をエスコートする騎士のような気分になりながらテーブルまで向かう。

俺は母さんの隣に座り星奈さんは絢奈の隣へ……つまり、それぞれの家族同士で向き合う形で座る。

「つうかしゃぶしゃぶかぁ。随分と久しぶりな気がするな」

そもそもこうやってそれなりの人数で鍋を囲むこと自体が久しぶりだ。

肉以外は既に鍋にぶち込まれており、グツグツと音を立てながら食欲をこれでもかと刺激してくる。

「大丈夫ですよ斗和君。そんなにジッと見つめなくてもお鍋は逃げませんから」

「いやいや、そんな子供みたいなことしてないって」

「えぇ～？　本当ですかぁ？」

「……だって美味（おい）しそうなんだから仕方ないだろ」

図星を指されたがすぐに開き直った。

絢奈だけでなく母さんや星奈さんにも微笑ましく見つめられ、たまらず俺は先陣を切るべく手を合わせた。

「いただきます」

「あら、強硬手段に出たわね」

「うるせ」

この状況を作り出した張本人のクセに俺を揶揄うんじゃないよ。

ずっと楽しそうにしている母さんのことは一先ず置いておき、俺は肉や豆腐などをバランスよく取っていく。

「よし、えっと……」

しゃぶしゃぶのお供はポン酢かごまだれか……俺は断然ごまだれ派だ。

なのでごまだれに手を伸ばそうとしたところ、まさかの人から手渡された。

「斗和君はごまだれかしら？　はいどうぞ」

「あ、ありがとうございます」

渡してくれたのは星奈さんだった。

ちょうど星奈さんの近くにポン酢とごまだれが置かれていたのもあって、別に彼女から渡されることは変なことじゃない……でも、どうして分かったんだ？

「斗和がごまだれを欲しがってたのよく分かったわね？」

「いえ……何となくだったけれどね」

何となくにしては最初から知ってたような……？

前に座る絢奈は今のやり取りに何か思い当たることがあるのか頷いていたが、俺と目が合うとニコッと笑う。

「不思議ですね。ねえ斗和君、お腹空いてきましたから食べましょう」

「そう……だな！」

まあ気になることはあるが今は目の前のご馳走を楽しむことにしよう。

「……うん、美味い」

「美味しいですね♪」

ごまだれを纏った肉の味がたまらん！

もちろん肉だけでなく、他の具材たちも抜群の相性で更に美味しさを引き立てる。

(……母さんと星奈さん食べないな)

俺たち子供組はパクパクとしゃぶしゃぶを楽しんでいるのだが、大人組の二人は今だ鍋に手を伸ばさず会話すらしていない。

母さんも星奈さんも表情が暗いものではないけど、二人とも相手の出方を窺っているようにも見える。

(絢奈は……全然困ってないな)

母さんたちから視線を再び絢奈に戻したが、彼女は全く困った素振りを見せない。美味しそうにしゃぶしゃぶを食べながら時折母さんたちに視線を向け、何を話すのか興味深そうにしている。

たぶん……全然心配していないんだろうなというのは分かった。

心配していないというのは悪い意味ではなく、母さんと星奈さんなら上手くやれると思っているからだろう。

「……ふぅ、探り合うのは私に合わないわね。せっかくこうしてお鍋を囲んでいるのにジメジメしちゃうわ」

沈黙に耐えられなかったのか母さんが口を開いた。

それがこの静けさにメスを入れるきっかけになったかのように、俺も母さんに続いて口を開く。

「そもそもの原因は母さんみたいなところあるけどね。反省してる?」

「してないわ!」

「自信持って言うな!」

鋭くツッコミを入れるようにぺしっと母さんの肩を叩く。

「あいたっ⁉」

大きな声を出すほど痛くないだろと言いたくもなったが、ようやく母さんは話をする気になったらしい。

別に沈黙を貫くつもりじゃなかったのは分かってはいたけれど、少なくとも俺の一発がスイッチにはなってくれたみたいだ。

「なにも黙り続けるつもりはなくて、あなたのことを観察していたの。何だかんだこうやって話をするのはあれ以来だもの」

「……そうね。あれからもうこんなに時間が経ったのね」

「本当に……本当に長い月日が流れたわ」

母さんたちの会話は気になるが、子供組の俺たちはまず食事を楽しもう。

この空気の中で楽しめるかどうかは微妙な部分ではあるものの、母さんたちの会話に今俺たちが入る隙間はなさそうだし。

「正直なことを言えば……斗和が許したからといって私も全部を許せるかといえばそうじゃない。でもあなた以上に邪悪なのはあっちだろうけどね」

「いいえ、私も同じようなものよ。決して何もしていない、何も言っていないなんて口が裂けても言えないわ」

「そうよね。だから私はあの時、あなたたちのもとに向かった……あの時の私は本当に周りが見えていないほどに頭に血が上ってた——それこそ、あなたたちを殺してやりたいくらいに」

殺してやりたいくらい——そう言った母さんの目は本気だった。

母さんは息子である俺のことを心から大事にしてくれている……だからあの時、初音さんや琴音から言われたことを話した時の母さんは怖かった。

「……？」

その時、俺は絢奈が体を震わせていることに気付いた。

俺も絢奈も直接母さんに見つめられているわけでないが、それでも背筋が冷えるような何とも言えない怖さを感じた……絢奈は俺よりも強くそれを感じ取ってしまったのかもしれない。

俺はそっと立ち上がり絢奈の傍へ。

「絢奈」

「斗和君……」

大丈夫だと安心させるように頭を撫でながら肩を抱く。

母さんと星奈さんは話をすることに夢中らしく、こちらには一切気付かない様子だ。

「大丈夫、母さんは別に怒ってないから」

「え？」

そう、母さんの言葉は強いし雰囲気も怖い……でも怒ってはいない。

何故かは分からないが直感で俺はそう感じた……もしかしたら、息子だからこそ分かったのかもな。

「斗和には前、もう気にしていないとは言ったわ。でもやっぱり思い出してしまうとそうもいかない……困ったものだわ本当に」

「…………」

「けれどそうね……ええそうよ。斗和が……愛する息子がしっかりと前を向いて歩き出している。なら私も斗和のように前を向かなくちゃね……いつまでも過去に引き摺られるよりずっと良いに決まっているから」

そう言い切って母さんはニカッと笑った。

先ほどの物騒な言葉と怖い雰囲気は一気に鳴りを潜め、むしろ最初からなかったかのように穏やかさを取り戻している。

星奈さんはそんな母さんに釣られて頬が緩んだが、すぐに表情を硬くしてしまう。

「私は……ただ彼が気に入らないという理由だけで酷い言葉を口にした。自分の娘さえも傷付けてしまう言葉を言ってしまった……何度も思ったけれど本当に愚かだったわ。あなたに息子が居るように私にも娘が居る……あなたの気持ちは痛いほど分かるはずなのに」

星奈さんは……もしかしたら今逆の立場で考えているのかもしれない。

もしも事故に遭ったのが俺ではなく絢奈だったら……接し方が間違っていたとはいえ可愛い娘なのだから辛いに決まっている。

「直接は言っていない……そんな言い訳をするつもりはありません。本当に、本当に申し訳ありませんでした」

星奈さんはそう言って頭を下げた。

正直なことを言えば俺としてはもう頭を下げてもらう必要なんてなくて、そこまでしなくていいと言いたくなる。

でも今は俺ではなく親同士の話だ。

ならば今はただ、母さんと星奈さんを見守るしかない。

「お母さん……本当に変わったんですね」

絢奈がそう言うほどに、やっぱり星奈さんの変化は大きいんだな。

星奈さんの謝罪を受けた母さんは一つ頷き、息子の俺ですら見惚れんばかりの笑顔を浮かべるのだった。

「受け入れます。斗和の母親として、あなたの謝罪を受け取りました」

母さんの言葉を聞いて星奈さんは顔を上げた。

綺麗(きれい)に施された化粧が崩れてしまいそうなぐらい涙を流しており、唇を噛(か)み締(し)めて泣くのを我慢しているかのようだ。

たぶん……いや、きっと星奈さんもずっと気にしていたんだ。

同じ母親として母さんに許されることで、星奈さんはようやく過去の柵(しがらみ)から解放されたのだろう。

「星奈さん」

そこで俺も声を掛けた。

「俺と母さんは謝罪を受け入れました。ならもうこの件は終わりです——これからたくさん接する機会はあると思うので、どうかよろしくお願いします」

「あ……」

そこでもう星奈さんは完全にダメだった。

ただでさえ頬を伝っていた涙の量は増し、とてもじゃないが食事どころの話ではないだろう。

すぐにハンカチを手渡すと、星奈さんはそれはもう凄い勢いで顔を隠すようにしてしまう。

「お母さん、大丈夫ですよ。よく頑張りましたね」

「あ、絢奈ぁ……っ！」

よしよしと背中を撫でる絢奈の姿に温かさを覚える半面、まるで姉を慰める妹のようにも見える。

（それだけ星奈さんが若く見えるってことだもんなぁ）

こういう状況でこんなことを考えるのもどうかと思うが、本当に母さんも星奈さんも……そして初音さんも、その例に漏れず恐ろしいほど年齢よりも若く見えるのだ。

まあ元々エロゲの世界だから何でもありと言えばそれまでだが。

そんなことを考えていた時、母さんがパンパンと手を叩く。

「さてと！　せっかくのしゃぶしゃぶなんだから鼻水垂らしてないで食べるわよ！」

「元はといえば母さんがこんな空気にしたんだけどな！」

「あいたっ⁉」

一応、また肩をぺしっと叩いておいた。

どうして叩くんだと恨めしそうに見つめてくる母さんに、そりゃそうするよと強く見つめ返したらスッと視線を逸らす。

「むぅ……息子が今日は冷たいわ」

いい歳した大人が唇を尖らせて拗ねるんじゃないちょっと似合ってるけどさ！

とはいえ母さんの言うことも尤もで、こんなにも美味しそうな食事を前にして手を止めるのはあまりにも勿体ない。

「ほらお母さん。美味しいですから食べましょう」

「えぇ……大丈夫。もう大丈夫よ」

絢奈に促されて落ち着いた星奈さんはやっと食事に手を付けるのだった。

というか今ちょっと疑問に思ったんだけど、母さんたち二人の前にビールが出されているということは星奈さんも今日は泊まるってことか？

母さんが車で送るにしても酒を飲んだら運転は無理だし、かといってアルコールを摂取したしてないに限らずこんな夜に星奈さんを歩いて帰らせるわけにもいかない。

「今日星奈さんも泊まるんかな？」

「かも……しれないですね。着替えとかは明美さんが貸すのでしょうか」

泊まるとなったらそうなるだろうな……ま、そこは母さんに任せよう。

「ほら、あなたも飲みなさいよ」

「……私、あまりお酒は得意じゃないのだけど」

「あ、そうなの？　じゃあやめとく？」

「いえ、飲めないわけじゃないから大丈夫」

大丈夫と言いつつも星奈さんは渋々な様子でビールを飲んでいく。

母さんが酒にかなり強いというのは分かってるけど、なんとなく星奈さんってお酒とかめっちゃ弱いイメージがあったんだが、その俺の予想はすぐに当たることとなるのだった。

「やっぱりあなたは野蛮よ！　野蛮だけど……野蛮だけど凄く良い子なのよ！」

「あはは……えっと、ありがとう？」

結果、盛大に酔っぱらってしまわれた。

「あんなお母さん見たことありません。家でも全くお酒は飲みませんから」

「……俺はもう別人じゃないかって思ってるよ」

「実を言うと私もです。お母さんってどちらかと言うと誰かにお酌をするタイプですからね」

あ～……確かに想像出来るな。

あんな美人にお酌されたら調子に乗っていくらでも飲んでしまいそうだ。

「……でも流石に弱すぎじゃね？」

顔を真っ赤にして母さんを怒鳴ったかと思えば、一転して泣きそうな顔で褒めちぎったりと情緒がおかしくなってる。

これが酒の力か……俺も将来、酒にだけは気を付けよう。

「久しぶりにビール飲んだけど美味しいわね……うん？」

その時、目の据わった星奈さんが蚊帳の外だった俺たちに視線を向け……そして突然立ち上がった。

「っ⁉」

「ひっ⁉」

人間、いきなりのことには驚くというものだ。

俺も絢奈も星奈さんの突然の行動に思いっきりビックリしてしまい、俺に至ってはテーブルの足に小指をぶつけてしまうほど……いや痛いめっちゃ痛い！

痛みに悶える俺を絢奈が心配してくれたのも束の間、なんと星奈さんが俺に向かって抱き着いてきた。

「斗和君、私は酷い人間なのよ。あなたに……あなたに……うわあああんっ‼」

酒に弱いのに合わせて更に泣き上戸だと⁉

「ちょっとお母さん！　斗和君に抱き着かないでください‼」

そう言って絢奈は対抗心を燃やすかのように星奈さんを引き剝がそうとするが、かなり抱き着く力が強く簡単には引き剝がせない。

それよりも……その、俺も一人の男なのでちょっと気になるものがある。

それは抱き着かれていることで思いっきり頰に押し当てられている、絢奈以上に大きな胸だ——とても柔らかくて気持ちが良い……こんなことを言うと絢奈は絶対に怒るだろうがあくまで気になるだけでドキドキはしていない。

（さ、酒の臭いが……）

何故なら大きな胸の柔らかさと、本来であれば良い香りがするであろう瞬間を台無しにするほどに酒臭いからである。

「こら！　私の息子を取るんじゃない！」

母さんが参戦して背後から抱き着いてくる……なんだこれ。

正面から彼女のお母さんに抱き着かれ、背中から実の母親に抱き着かれるこの状況は何……？　助けて絢奈。

そして、俺の願いは聞き届けられた。

「もう二人とも！　斗和君に加齢臭が移ります!!」

ただし……凄まじいほどの一撃だった。

絢奈の加齢臭という単語を聞いた母さんと星奈さんは動きを止め……文字通りピクリとも動かなくなってしまった。

しばらくそのままだったが、スッと俺から離れて力なく呟く。

「……そうよね。私たちもうい い歳なのよねあはは」

「加齢臭……そうよね。香水で誤魔化すようなババアなのよあはは」

壊れた機械のように笑う二人を見て絢奈はふんすと鼻を鳴らす……地獄かな？

「絢奈、流石に今のは言いすぎなんじゃ……」

「斗和君を取り戻すためには多少の犠牲もやむなしです」

「多少どころじゃないが⁉」

二人とも口から魂が抜けそうになってるけど⁉

女性にとって傷付く言葉はいくらでもあるとは思うけれど、女性に対して加齢臭は流石に……まあ女性だけでなく、お父さん世代だと娘に一番言われたくない言葉なんじゃないのか？

（お父さん臭いから嫌だ！　そう言われて絶望するお父さん絶対居るだろ）

まあ余所のお父さん事情はともかく、母親である二人にも絢奈の言葉は鋭利な刃物以上に突き刺さったらしい。

俺に抱き着いていた母さんと星奈さんは意気消沈したように離れ、代わりに絢奈がギュッと抱き着く。

「成敗完了です」

俺は思った……一番の鬼って絢奈じゃね？

「さあ斗和君。残りを食べましょう」

「……そだね」

これはもう気にした方が負けかもしれない。

その後、少しばかり時間が掛かったが母さんたちは息を吹き返し、今度こそ楽しく賑やかなしゃぶしゃぶパーティが再開した。

俺と絢奈は言わずもがな。母さんたちはしゃぶしゃぶに手を付けつつも酒の勢いは止まらず……後は言わなくても分かることだ。

「……むにゃ」

「すぅ……すぅ」

テーブルに突っ伏すように母親二人が眠っている。

二人ともかなりたくさん食べていたし、同じくらい酒も飲んでいたのでこうなってしまうのも当然だ。

そもそも俺に抱き着いてきた時、大分飲んでいたにもかかわらず、その後も酒を飲む量が衰えなかったのは凄まじかった。

「こりゃ流石の母さんも明日は二日酔いだな」

「お母さんもですかねぇ……それにしても結構散らかってしまいましたね」

まあ鍋パーティみたいなことをすればこんな風にはなりそうだけどな。

「母さんたちは……もう無理だろうし、片付けは俺たちでやってしまおう」

「分かりました」

それから俺たちは出来るだけ母さんたちを起こさないようにして片付けを始めた。

(……楽しかったな)

そう……今日の夕飯はいつも以上に楽しかった。

そもそも普段は俺と母さん二人だけの食事だし、偶(たま)に絢奈が加わるくらい。

だからたった四人と言われたらそれまでだけど、今日みたいに賑やかだったのは本当にいつ振りだろうか。

「斗和君」

「なんだ？」

「寂しそうな顔していますよ？」

……やれやれ、本当に絢奈は俺のことをよく見ている。

「ちょい寂しいかもな……あんなに騒がしかったのって何気になかったし」

「それは私もですかね。私と斗和君、そして明美さんで過ごしてても騒がしいとまではいきませんから」

三人でも騒がしい時は騒がしいけど、流石に今日ほどではない。

酒の力もある程度あったとはいえ本当に騒がしかった……最初はともかく、酔っ払った母さんたちの相手は大変だったけど楽しかったからなぁ。

「何だかんだ、酔っ払った二人を見てるのは楽しかったよ」

「ふふっ、私もですよ。明美さんがあそこまで酔ってたのももちろんですが、お母さんもあんな風に羽目を外せるんだなって少し安心しました」

「……絢奈にとってさ」

「はい」

「今日は……良い日だった？」

こんなの、答えなんて分かり切っていた。

それでも直接絢奈の言葉で聞きたくて俺はそう問いかけた——絢奈はジッと俺を見つめ、微笑みながら頷くのだった。

「最高という言葉だけでは足りないくらいに……良い日でした。私はずっと、こんな日が来るのを望んでいたんだと思い知らされる時間でしたから」

「そっか……ははっ、なら良かったよ」

「…………」

絢奈はそこで言葉を止め、食器を洗っていた手を止めた。

「絢奈？」

彼女はタオルで手を拭いた後、突然俺の背後に回りそのまま抱き着いてきた。

腹に腕を回される周到振りで少し食器洗いが不自由だが、別に離れてくれと言うつもりもないので絢奈の好きにさせようか。

「斗和君」

「うん？」

「……ありがとうございます」

「おう」

そのお礼は果たして何に対してなのか……心当たりがありすぎて困るところだがわざわざ聞くこともないだろう。

なんて、当たり前のように分かっちゃいるんだがな。

「斗和君、好きです」

「俺もだよ」

「大大大好きです」

「あ～……俺も同じくらいかな」

「ちゃんと言葉で言ってください」

「我儘(わがまま)なお姫様だ」

「でも斗和君からしたら可愛(かわい)いでしょ？」

「まあな」

それはそうだと俺は力強く肯定する。

するとギュッと更に腕の力が強くなり、若干腹の圧迫が強くなったが苦しくない程度だ。

「俺にとっても、絢奈にとっても、母さんや星奈さんにとっても……今日が良い日になってくれたなら幸いだよ」

そう言って再び手を動かそうとしたその時だ。

俺は目を開けてこちらを観察する母さんを見た――バッチリと視線が合い、母さんはハッとするように顔を伏せる。

「何してんだよ母さん……」

「えっ!?」

「あはは、バレたかぁ……」

母さんはわざとらしく笑いながらそう言う。

「いつから起きてた？」

「信じて！　本当についさっきだから！」

「……明美さん」

「絢奈ちゃんそんな顔しないで！　盗み聞きするつもりなんてなかったんだから！」

いやいや説得力全くないからな？

まあでも見られてもおかしくない状況だったし、寝てるとこっちが思い込んでたので母さんを責めれない。

「もお〜何よぉ〜……」

少しばかり騒がしくしてしまったせいで星奈さんも目を開けた。

ただ彼女は頭がボーッとしているらしく、据わった目で俺たちを見つめはしたもののすぐにまた突っ伏して眠ってしまった。

「取り敢えず……片付けを再開しよっか」

「そうですね。明美さんはジッとしててください」

「は〜い！」

「子供かよ」

なんてツッコミをしながら手を動かし、絢奈の協力もあって片付けはすぐに終わりそうだ。

母さんを支えたいと常々思っているので俺も家事は出来る方だが、それでもやっぱり絢奈の手際は流石と言う他ない。

「絢奈は流石だな。何をしても速いし正確だ」

「ふふっ♪　こういうことは花嫁修業だと、そう自分に言い聞かせて昔から楽しくやってましたからね。全ては斗和君のお嫁さんとして恥ずかしくないように♪」

頼むから不意打ちでそういう恥ずかしくなることは言わないでくれ……。

二人っきりの時ならともかく、眺めている母さんがまたにんまりと笑ってるし……はいはいそうですか、なら俺たちのことを思いっきり楽しみやがれ！

「斗和が自棄になったわぁ♪」

「お？」

「……ごめんなさい」

「おぉ！　斗和君の凄みに明美さんが屈しました！」

「絢奈は絢奈でほんと楽しそうだな！」

笑顔が絶えない……絶えないけど凄く疲れるぅ!!

それからずっと楽しそうな母さんに見つめられながら、俺と絢奈はしっかりと家事を全うした。

そして、寝てしまった星奈さんを俺は持ち上げる。

「よっこらせっと」

所謂お姫様抱っこというやつだ。

これが最適解かどうかはともかく、女性陣より俺がこうした方が楽に運べるだろうと考えてのこと……ただし、絢奈と母さんがとても羨ましそうに星奈さんを見ているのはなんでだろうね。

「羨ましいです……」

「斗和のお姫様抱っこ……羨ましいわね」

「…………」

星奈さんは母さんの部屋で寝てもらうつもりだ。

突然のことで他の部屋は掃除が出来てないのもあるし、リビングのソファなんかでお客さんを……ましてや彼女のお母さんを寝かせるなんて出来ないからな。

「ちょっと待ってね」

部屋に着くとすぐ、母さんが敷布団の準備をしてくれていた。

ちょうど洗ったばかりのシーツということで、星奈さんにとっても問題なく眠れるはずだ。

「ふぃ～。私ももう寝ちゃおっと……すぴぃ」

「……え？　もう寝たの？」

「……すぅ……すう」

星奈さんを寝かせたと思いきや、まるで神速のスピードで母さんは寝た。

「早すぎんだろ……」

「正に神業ですね……」

こんなのに神業なんて言葉を使うのは勿体(もったい)ないよ絢奈さん。

母さんも星奈さんも風呂に入らず寝てしまった。着替えもしないのだから仕方ないとはいえ、何と言うか……これが酒に呑(の)まれてしまった人間の末路かと勉強になる。

「なあ絢奈」

「はい？」

「俺たちが大人になって酒を飲む時は気を付けような？」

「……ふふっ、はい♪」

酒を飲めるようになる年齢の二十歳はもう少しのようでまだまだ先だ。

何よりも大切で、何よりも愛おしいこの子と一緒に酒を飲む日が来ることを想像すれば
……ははっ。

「どうしたんですか？」

「いや、絢奈と一緒に酒を飲んでるところを想像したんだ。俺たち、そのくらいの年齢になっても変わらずラブラブなのかなってさ」

「そんなのもちろんですよ！」

俺たちの関係はいつまでも変わらないと、絢奈の中では確定事項らしい。

「もう特にやることないですよね？」

「そうだな。後はもう風呂に入って寝るだけだ」

「でしたら一緒に入りましょう？　洗いっこしましょ♪」

「分かった」

洗いっこだってさ奥さん。

俺の彼女であり未来のお嫁さん、めっちゃ可愛くないっすか！

「斗和君ニヤニヤしてますよ？」

「絢奈のこと考えてた」

「ならもっと考えてください♪」

はい、そうして向けられた笑顔にまた俺は可愛いと素直に思うのでした。

その後は一緒に風呂に入り、体を洗う場なのに少し汗を掻くようなこともあったのはまあお約束だ。

「ふぅ、スッキリしたぜ」

「気持ち良かったですね色々と♪」

あ〜……うんそうだね。

俺たちの夜はまだまだこれからだ、なんて気分にもならないくらいに俺と絢奈も今日という一日に満足している。

「ふわぁ……」

「眠たいか？」

絢奈は頷きゆっくりとベッドに横になる。

その状態で俺を見つめながらも、うつらうつらと瞼が閉じそうになっていて、とても眠たそうなのが伝わってきた。

「寝ていいぞ？」

「いやですぅ……斗和君の温もりがないと寝たくないですぅ」

言い方も実際の言葉もとてつもなく可愛いんだけど、もう目が閉じちゃってる。

「……すぅ……すぅ」

「先に寝ちゃってんじゃんか」

まるでさっきの母さんを彷彿とさせる早さだぞ？

しばらく眠ってしまった絢奈の寝顔を眺めていたが、そんな彼女に釣られるように段々と眠くなってきたので俺も寝てしまおうか。

絢奈を起こさないようベッドに潜り込むと、まるでちょうどいい抱き枕に思われたのか絢奈がギュッと抱き着いてくる。

「……えへへぇ♪」

にへらと笑った絢奈は俺の首筋に顔を寄せ、チロチロと舌で舐めてくる。

脚も絡ませて完全に逃げ道を封じ込め、後は好きにしようといった具合にとにかく舐めることを絢奈はやめない。

「絢奈？」

「…………」

「起きてるだろ」

「あら、バレましたかぁ」

でも完全に寝たものだと思っていたから凄い演技力だ。

目を開けた彼女はニコニコと笑顔を浮かべたまま……けれど、またすぐに眠たそうに目を閉じる。

「その……やっぱり限界です。すっごく眠たいです」

「あ、それはマジなんだ？」

「はいぃ……悪戯したいがために我慢しましたけどもう無理ですぅ」

そう言っておよそ三十秒くらいかな？

ついに絢奈は寝息を立て始め、今度こそちゃんと眠ったようだ。

「本当に色々あったぜ今日は……おやすみ絢奈」

もちろん返事はない。

安らかに寝息を立てる絢奈に引っ付かれながら、そして同時に俺も彼女の存在をこれでもかと楽しみ、感じるために、肩を抱くようにして目を閉じた。

▽▼

「……ふぅ、茶が美味い」

寝て起きたら朝！　なんてことはなく、普通に深夜に目が覚めた。

そのまま寝ても構わなかったけど、ちょっと喉が渇いていたので絢奈の拘束から脱出し、こうしてリビングで茶を飲んでいたわけだ。

「夢じゃなかったんだよな……ははっ」

今日のこと……もう日付が変わって昨日になってしまうけど思い出して笑みが零れる。

絢奈のお母さんである星奈さんと和解出来たのがつい先日、そして流れるように母さんともしっかり話が出来て……あまりにも上手く行きすぎて、何か揺り戻しがないかと怖くなってしまうくらいだ。

「……うん？」

一人静かにそんなことを思っていた時だ――廊下から物音が聞こえ身構える。

「……って何してんだよ」

物音がしたところで絢奈か母さん、星奈さんしか居ないだろうと苦笑する。

俺が居ないことに気付いて絢奈が二階から降りてきた可能性も考えたが、どうもそれは違ったらしい。

「星奈さん？」

「あら、斗和君……？」

廊下にひょっこり顔を覗かせると、そこに居たのは星奈さんだった。

これはトイレの帰りかな？　まあ相手が女性ということもあってそれを聞く気にはならないが、深夜にこうして顔を合わせるとちょっと気まずいというか……どう会話を繋げればいいんだ？

まるで俺が絢奈の家に行った時の焼き直しかのような鉢合わせ……でも、今回は星奈さんから口を開いた。

「斗和君も起きてしまったの？」

「あ……はい。喉が渇いてしまって」

「そうだったのね。私はお手洗いに行きたくて目が覚めたわ」

「へぇ、そうなんですね」

「目を覚ました時、一瞬ここがどこか分からなくて困惑したわ。でも彼女……明美の顔を見て思い出したのよ」

明美……あぁそうか。

そういえば母さんも星奈さんも途中からはお互いに名前で呼んでたっけ……改めて聞くと本当に二人とも仲良くなったんだなと俺の方が嬉しくなってくる。

「母さんと星奈さんが仲良くなったみたいで、俺めっちゃ嬉しいです」

「……自分でも驚くほどに明美を受け入れることが出来たわね。あの子もよく私のことを受け入れてくれたなって感じではあるのだけど」

「そこは星奈さんの人柄では？」

「やめてちょうだい。私の人柄は斗和君も含めてみんな知ってるくらい悪いでしょうに」

「お願いですから返答に困る言い方はやめていただけると……」

「ごめんなさい。斗和君と話をしていると楽しくって」

自虐的なジョークを言われるこっちとしてはヒヤヒヤもんですけどね！

「星奈さんは喉渇いてないですか？　一緒にお茶でもどうです？」

「いいの？　なら一杯いただこうかしら」

「へいただいま！」

「ふふっ、なによそれ」

クスクス笑う星奈さんのために、コップに麦茶を注いで手渡した。

「ありがとう」

「いえいえ」

星奈さんはコップを受け取り、そのまま一気に飲み干す。

「いい飲みっぷりですね」

「お腹はたぷたぷなはずなんだけどね……今は全然大丈夫だけど、朝になって目を覚ました時が怖いわ」

「あぁ二日酔いですか」

「……仮にそうなったとしたら、何年振りになるのかしら」

やっぱりそれくらい酒は飲んでいなかったのか……。

もしも明日辛そうだったら何か出来ることはしてあげたいところだけど……今までに二日酔いで参ってた母さんを見るに残念ながら何も出来ないんだよな。

『うぽあぁ……斗和……助けて』

『無理』

なんてやり取りも何度かあったほどだし……うん。

「コップもらいますよ？」

「何から何まで悪いわね」

コップを受け取って洗う中、星奈さんはジッと俺を見ていた。

何をするでも何を喋るでもなく、ただただ見つめてくるので少し反応に困ってしまうものの悪くはなかった……何故なら星奈さんの目がとても優しかったからだ。

「よし、終わりっと」

コップを洗い終えると、星奈さんは窓際に立っていた。

部屋に居た時にも見えていたけど今日は綺麗な満月が空に浮かんでおり、周りの星々も相まってしばらく眺めたいという気持ちにさせてくる。

「綺麗……ですね」

「そうねぇ……とても月が綺麗だわ」

その言葉に何か意味を含んでます……？

チラッと見ていた俺と視線が合うと、星奈さんは悪戯が成功したのを嬉しがるように無邪気な微笑みを浮かべたのだが、その笑顔があまりにも絢奈にそっくりだった。

（……本当に綺麗に笑うよこの人は。ここまで来るとかつて睨まれたあの表情がレアに思えてくるな）

後は街中で罵倒に近い言葉を吐かれた時か？

あの時と今とじゃ別人なんじゃないかと言われても納得出来るほど……でもこうして接していれば分かるんだ――これが星奈さんの本当の姿なんだって。

「斗和君」

「はい」

「今日はありがとう。明日には明美にも改めて伝えるつもりだけれど、これほどに幸せで楽しかった日は久々だったわ」

「あはは、そんな風に言ってもらえたら俺も嬉しいですよ」

何よりそういう言葉をもらえることが俺にとって幸せなことだ。

今回のことは何度も言うが母さんが齎した偶然の邂逅……いや、ある意味で必然と言えるのかもしれないが、こればかりは母さんに感謝しかない。

「また……こんな風に過ごしたいわね」

「何度だってやれますよ。またいつだって呼びますから来てください」

そう伝えると星奈さんは瞳を揺らし、目元に手を当てて顔を逸らす。

俺は敢えて何も言わず星奈さんが落ち着くのを待ち、ようやく顔を上げてくれたところでこう言葉を続けた。

「何もしなかったらこんな風に星奈さんと話をすることもなかったし、ずっと関係は悪いままだったと思います――だからこそ、こうして分かり合えたことが本当に嬉しくて……よくやった俺って内心で自画自賛するほどなんですよ」

「それほど私と仲良くしたかったの？」

「当たり前です！」

「そ、そんなに強く言うのね……」

俺の勢いに星奈さんが一歩足を退（ひ）くが、それくらいの気概があったことだけは分かってほしい……まあ関わり合いにならないなら、それはそれで良いと思ったのも確かではあるけど、そこに関しては俺もちょっとビビりだったか。

「ちょっと腕を抱いてもいい？」

「え？」

「ダメ？」

「えっと……別にいいですけど」

困惑しながらも頷（うなず）くと、その瞬間星奈さんは俺の腕を抱いた。

強く胸に抱きしめるような形になっているので、とてつもないほどに幸せな感触がふんわりと伝わってくる。

星奈さんは興味深そうに頷きながらこう言った。

「頼りになる男の子って感じだわ。絢奈があれほど夢中になる気持ちがよく分かってしまうわね」

「俺、自信持っていいですか？」

「絢奈の傍（そば）に居る斗和君は自信の塊じゃない。そのまま結婚まで突き進んでほしいものだわ」

「結婚……」

流石に早いだろうと思いつつ、そんな未来を想像してしまうのが男の子ってやつで、偶に絢奈がウエディングドレスを着たらどんな感じだろうと想像することも。

「そうなると私にとって斗和君は息子になるのね」

「絢奈は母さんの娘になりますね」

「ウィンウィンってやつね！」

「めっちゃ嬉しそうですね」

「嬉しいわよ凄く！　あぁ早くその時が来ないかしら！」

あと数年は無理ですけど、いずれはそうなりたいですねと言っておいた。

それからも時間帯が深夜ということを忘れたかのように、俺は星奈さんと長い時間空を見上げながら過ごし、その中で俺は改めて今の時間が如何に尊くて幸せなのかを考えていた。

(行動一つでどんな方向にも転ぶ……それが人生なわけだけど、自分が望む最良の未来に突き進むことだって出来るんだ。悪くて辛いことばかりじゃない……幸せな未来は自ら勝ち取れるんだ)

　これからのことを考えれば、まだまだ何かありそうな気がする……たぶん確実にありそうだと自信を持って言える。

　あまりこういうことに自信を持ちたくはないけれど、それでもドンと来いと胸を張れるのは確かだ。

「う〜ん……それにしても本当に明美と仲良くなれたのねぇ。当時、三丁目の夜叉姫って呼ばれてたあの子と」

「……なんすかその物騒な渾名」

「高校生の時にそう呼ばれてたのよ。凄い渾名でしょう？」

　三丁目の夜叉姫……前半と後半であまりにギャップというか、落差があるのが少し気になるけど……そうだったんだ。

「母さん……夜叉って呼ばれてたんだ。しかも姫って呼ばれてたんだ」

「あら、聞いてないの？」

「聞いてないっすね……たぶん絢奈もその渾名は知らないんじゃ」

「……言わない方が良かったかしら」

　あぁうん。

　知りたくはなかったかも……？

「面白そうだし聞いてみたら？　三丁目の夜叉姫なんて呼ばれてたのって」

「泣かないですかね」

「恥ずかしさで泣くかもね」

それならやめとこうかと思ったけど、揶揄(からか)うネタを一つ手に入れたし不意打ちで聞いてみるのは面白そうだ。

「……すっ！」

「なに？」

俺はサッと背後に視線を向けた。

こういう時、絢奈がジッと後ろに立っているような気がして振り向いたのだが特にそんなことはなくて安心した。

ビックリしている星奈さんにこのことを伝えると、あまりにツボに入ったのかお腹を抱えて大爆笑である。

「あははは っ！　まさかそんな……でもありそうなのが面白いわ！」

「ですよね……すっ！」

「すっ！」

実はこんな話をした瞬間に覗(のぞ)かれていたりのパターンも⁉

そう思ってまた同じように視線を向けたが、今度は星奈さんも面白がって同じ行動をする。

「絢奈、居ませんね」

「居ないわね」

そう言って俺たちは笑い合い、流石にもう寝ることに。

「それじゃあ斗和君、また明日ね」

「はい。また明日」

別れ際、足を止めた星奈さんがこんなことを俺に聞いてきた。

「ねえ斗和君……私、そんなに加齢臭酷(ひど)い？」

「…………」

絢奈、思いっきり君の発言を気にしてるぞ。

5章

それは来るべくして来た瞬間だ。

「お前のせいで絢奈が居なくなったんだ……！　お前のせいで……お前のせいで！」

俺には斗和としての記憶が残り続けている。

その記憶と共に斗和の経験した過去を夢として見た時、そのどこにもあいつの……修の憎しみに染まった表情を見たことはなかった。

そんな彼が今、親の仇でも見るかのように俺を睨んでいる。

（いよいよって感じだな……でも、おあつらえ向きの瞬間だ）

俺はただ、彼の視線を真っ直ぐに受け止め見つめ返す。

俺は逃げも隠れもしない——だから修、少し話をしようか。

▽

▼

「最近、音無さん凄く幸せそうに笑ってるよな」

「なんだよ狙ってるのか？」

「狙ってねえよ！　つうかその殺気を仕舞え！」

殺気ってなんやねん、俺は歴戦の戦士か何かかよ。

いきなり意味の分からないことを言い出した相坂から視線を外し、俺は体の不純物を出すことに集中する――言わせるなよ、おトイレだ。

「……ふぅ」

しばらくしてスッキリした気分でトイレを出る。

隣を歩いてるのは相坂だが、トイレに行く俺に付いてきただけ……とはいえ、どうして絢奈のことをそう思ったのかは気になるな。

「それで、どうして絢奈をそんな風に思ったんだ？」

教室に入る前に立ち止まり、壁に背中を預けるようにして俺は聞いてみた。

「いや、別にジッと見てたとかそういうわけじゃなくてだな。雪代の傍に居る音無さんが笑顔なのはいつも通りなんだけど、今週に入ってやたらニコニコしてるなぁっつうか、今まで以上に幸せそうに見えたんだよ」

「……わざわざ言うことじゃないと思うんだが、すまんポロッと出ちまった」

「いやいや、何も謝る必要はないさ。でもそうか……そんな風に見えたのか」

「その様子だと……？」

別に今すぐ絢奈に確認するわけでもないので当っているかどうかは分からないが、それでも理由については察することが出来る。

そもそも絢奈の機嫌が最近、いつも以上に良いことなんて、他人が気付く前に俺の方がちゃんと先に気付いてるのだから。

「まああるにはあったよ。俺にとっても絢奈にとっても、ずっと解決したいと思っていた問題が片付いたんだ」

そう——家族の問題が解決したことだ。

あれから数日が経過したが、夜になると母さんが星奈さんと電話をする姿も見ることもあって、あの出来事が夢でも幻でもないことを教えてくれる。

「詳細は流石に話せないけど、全てはあの絢奈の笑顔がその証拠ってな」

俺はニヤリと笑ってそう伝えてやった。

「そうか……なら詳しくは聞かねぇ！　雪代と音無さんが笑ってるなら友人として俺も幸せ

だからなぁ！」

　こいつ……本当に性格イケメンだよな。

　野球部の次期キャプテンとして期待されているという話も聞くし、あの真理が楽しそうに相坂のことを話していたし……こいつは本当に良い奴だ。

「相坂は良い奴だなぁ」

「いきなりなんだよ」

「まあ気にすんな。つうか、いきなりなんだよは俺の台詞だぞ？　お前、最近突然クサい台詞を言いすぎなんだっての」

「え？　そうだったか……？」

　はい、自覚がないのが更に困ったもんだぜ。

　数ミリの髪の毛でザラザラするであろう頭を擦る相坂に苦笑し、流れに身を任せて真理のことを聞いてやろうかと思ったがやめた。

（絢奈との話もあるしなぁ）

　これぱっかりはこっちが突く話題でもない。

　真理もまだ修のことを想っているだろうし、すぐにどうこうという話ではないとは思うけど……仮に何か進展があったらあまりにも分かりやすい相坂に変化が起きないわけもなさそうなので、こればっかりは気長に楽しむことにさせてもらうか。

「おい、何ニヤニヤしてんだよ」

「お前のことを考えてたんだよ」

「……え？」

「身を守るようにして後退んなアホ」

「冗談だよ冗談」

もしこれで妙な反応を見せられたら俺の方がビックリだよ。

それから相坂と共に教室に入ると、当たり前のように絢奈が傍へ。

「おかえりなさい斗和君」

「ただいま絢奈」

「おぉ、まるで夫婦みたいな会話だ！」

「夫婦ですよ？」

お～っと、相坂の言葉に絢奈の変なスイッチが入ったぞ。

絢奈の胸を張った返答に相坂が俺に視線を向けてくるが、俺は特に反応することなく事の成り行きを見守ることにした。

「相坂君だけでなく友人にも黙っていたことですが、私と斗和君結婚しました」

「……え？　音無さん？　何を言って――」

「すみません。流石に高校生で結婚というのは色々と角が立ちますので、こればかりは……って、あぁすみません！　つい嬉しさのあまり言っちゃいました」

「え……？　え……？」

うん？　何だこの空気は。

ちなみにこの頓珍漢な会話は俺たちの間しかされてないのは当然だし、周りのクラスメイトは騒がしさで聞こえているわけもない。

もちろん絢奈もそれは計算してのことだろうけど……これは何だろうか。

（絢奈は冗談を言ってる……でも相坂の様子は……）

相坂の奴……強引に嘘を吹き込まれてないか？

絢奈の姿はどこまでも自然体で自信に満ち溢れている……それもあってか、本来ならあり得ないはずだと分かるのに相坂はマジで信じそうになってる……馬鹿だ。

「ほら、こちらの指には既に指輪が嵌められています」

絢奈は指を見せる――当然、その指には何も嵌っていない。

「何も……ないんだけど？」

「え……見えませんか？　この指輪は心の汚い人には見えないと言われましたけど……ま

さか相坂君？」

「お、俺ってそうだったのか⁉」

馬鹿だ……正真正銘の馬鹿が居る。

まあ俺もその見えない指輪という設定には驚きというか、絢奈がこんな冗談を言うなんて思ってなかった……いや、それくらいの冗談を言えるくらいに絢奈の機嫌がそれはそれは良いという証なんだよな。

「ゆ、雪代には見えてんのか？」

「……あ～……」

「斗和君」

乗ってください、そんな意味を絢奈の視線から感じたので頷いておく。

相坂はそんな俺を見てマジかよと呟いた後、恐る恐るこんな提案を口にした。

「その……音無さんの手を触ってみてもいいか？」

「はい。構いませんよ」

相坂は絢奈の薬指……先ほど、絢奈自身が示した場所にゆっくりと触れる。

彼にとって異性の指ということで失礼がないよう心掛けてくれており、絢奈も自分から触れることを許したので全く不快そうな表情じゃない。

「……おい雪代」

「うん？」

「あるぜ……確かに指輪の感触がある！」

おーけー、こいつはマジで本物の馬鹿だ。

そこまでの会話でようやく絢奈も相坂を揶揄うことはやめにしたようだが、正確には相坂の様子に笑いが堪えられなくなったらしい。

「ぷふっ……あはは！　ごめんなさい相坂君。今までの話は全部嘘ですよ」

「またまたぁ！　それこそ嘘だろ？　だってちゃんと指輪の感触とかあるんだぜ？」

「……相坂君？　寝不足だったりしません？」

自分から言い出した絢奈が逆に心配しちゃってるよ。

どうやら相坂は本気で思い込んでいたらしく、それに関してはやっぱり馬鹿だと思ってしまったものの、あそこまで雰囲気だけで思い込ませるなんて……絢奈はその道でも活躍出来るんじゃない？

「くっそ～！　ま～じで騙されたぜ……」

「本当にごめんなさい。まさかあんなに信じるなんて思わなくて」

「謝らなくっていいっての。俺が馬鹿すぎただけだ」

馬鹿すぎるというより、もう少し人を疑った方がいい気するけどな。

しっかし……朝から絶対に見ることがないような絡みを見たせいでちょっと疲れたかもしれん。

その後、時間は一気に流れて昼休みだ。

絢奈と昼食を済ませ、一声掛けてから教室を出た。

「……うん？」

その時、俺の後ろに続くように修も教室を出たようだった。

さて……俺の当初の目的はトイレだったわけだが、もしかしたら修もトイレとかだったらちょっと気まずいか？

そう思って一旦トイレをスルーしたのだが修は変わらず後ろだ。

……え？　何、俺に何か用がある感じなのか？

「…………」

もしそうだとするなら良い機会だ――もちろん単純に修は更にこの先に用があるのかもしれないけれど、俺はそのままトイレを我慢し、この時間なら誰も居ないはずの屋上へと向かう。

そのまま屋上にやってきた俺と修だけど、修は何も言わずにジッと俯いたまま……正直、かなり不気味だった。

そうして数秒、数十秒が過ぎた時だ。

ずっと下を向いていた修が顔を上げて俺を睨んできた……彼は俺との距離をゆっくりと詰めてくる。

(後ろにフェンスがあるとはいえ行き止まりか)

屋上の周りには転落防止のため、フェンスが備え付けられている。

一応この高校の歴史を見ても誰かが屋上から転落したとか、そういう不幸な事故は起きていないようでとても安心だ。

……うん、ちょっと想像してしまう。

現状において俺と修の関係性は絶妙に壊滅的であり、俺は修が好きだった幼馴染を結果的に奪った立場にある。

だからこそ恨みに恨まれてこのままドンと体を押されて地上へ真っ逆さま……なんてことを失礼ながら考えたわけだ。

(まあ……それも杞憂みたいだが)

そんな心配も必要はなかった。

修は確かに俺を睨みながら近づいてきたが、ある一定の距離に近づいたところで足を止めたからである。

「…………」

「…………」

俺たちの間にあるのは沈黙だ。

ただ少し、俺は何か起こるのは最近は昼休みばかりだな、なんて考えられるあたり結構余裕はあるらしい。

お互いに黙り続けるのも時間の無駄だなので、逆に俺から話を切り出そうとしたその時だった——修が口を開いた。

「なんで……なんで嘘を吐いたんだよ」

「嘘？」

素直に聞き返すと修は更に強く、キッと睨みつけてきた。

「絢奈との仲を応援するって言ってくれたじゃないか！　それなのにどうして君が絢奈と付き合ってるんだよ⁉」

「…………」

何を言ってくるかと思えばそのことかと俺はため息を吐く。

そんな俺の様子が心底気に入らなかったのか、修は一歩こちらに踏み込もうとしたが、その隙を潰すように俺もまた真面目な視線で言葉を返した。

「それについては電話の時にすまんと謝った。ずっとお前が絢奈を好きだったことは知っていたし、病室で返事はしなかったが頷いたことも覚えてる。けれど俺も絢奈のことが好きだった……だから俺は自分の想いを彼女に伝え、共に未来を歩いていく決意を示した」

こういうのって関係性がズタズタじゃなくても悩ましいものだ。

幼馴染が三人居て男が二人と女が一人……そこで想いが交錯するなら、必ず交わらない存在が出てくる……絢奈と結ばれたのは俺であり、結ばれなかったのが修という運命が導き出されただけなんだ……ふぅ、言葉にするのは簡単だな、本当に。

「なんだよそれ……僕だって絢奈が好きだった！　ずっとずっと一緒に居たんだ……僕の方が先に告白したらきっと絢奈は——」

「頷いてくれたとでも？」

「っ……」

修は唇を噛むようにして下を向いた。

全てを思い出した上で行動し、だからこそ絢奈の気持ちも分かっていて……俺も俺のやり方を貫き通したくてこの道を選んだ。

絢奈のことは大好きで、ずっと守っていきたいと真剣に考えている。

彼女に伝えた一緒に幸せになるという言葉――どちらか片方が与えられるのではなく、お互いに支え合い幸せを与えていく生き方を俺たちは選んだんだ。

「…………」

まあ色々と考えたわけだが、俺は修の言葉に少しカチンと来ていた。

それは未練がましく絢奈のことを求める修の姿にというわけではなく、絢奈の気持ちを考えずどこまでも自分のことばかりを優先する言葉を口にしたことだ。

俺も別に、自分の考えが百パーセント正しいとは思わない。

俺が正しいと思っていても、他の人からすればその考えはどうなんだと疑問に思われる可能性もあるから。

けれどその上で、俺はキツイ言葉を修に伝えようと思う。

もしかしたら彼との関係が金輪際なくなってしまうほどの亀裂が入るかもしれないが、俺はもう止まることが出来なかった。

「修、お前じゃ絶対に絢奈を幸せには出来ない」

絢奈の本質だけでなく、何も見ようとしないお前には無理だとハッキリ言ってやった。

俺の言葉に修は言葉を失ったかのように呆然（ぼうぜん）としたが、すぐに我を取り戻して言い返してくるのだった。

「なんで君にそんなことが分かるんだよ!? 僕は君よりも絢奈が好きだ！ ずっと傍に居た彼女を！ 僕の方が彼女のことを幸せに出来る！」

修はまるで駄々を捏ねるかのように絢奈が好きだと叫び続ける。

「お前のせいで絢奈が居なくなったんだ……！ お前のせいで……お前のせいで！」

「……はぁ」

思わず、またため息が零れた。

なあ修……気付いているのか？ お前は確かに絢奈のことが心から好きなんだろうけど、お前の言葉は絢奈のことを何も考えていない……全部、自分のことばかりじゃないか。

「自分の方が、君よりも、絢奈はきっと……か」

「何をボソボソと――」

「いい加減にしろよ!!」

流石に俺の中で何かが切れた。

今まで修に対して強い感情を抱くことはあったけれど、今みたいに怒りが込み上げたのは初めてかもしれない。

「お前はさっきから自分のことばかりじゃねえか！ 絢奈の気持ちをお前は何も考えちゃいない……自分だけの幸せが絢奈の幸せとでも思ってんのか!? 自分勝手なのも大概にし

ろ!!」

修に口を挟む隙すら与えずそう捲し立てた。

おそらく俺がここまで感情を露にする姿を修は見たことがないだろう。俺にもその覚えは全くない……だからなのか修は言葉を失っていた。

息継ぎなしで言葉を発したせいで肩で息をする俺……修は頭を振り、僅かな抵抗を見せるように小さく言葉を絞り出す。

「じゃあ……じゃあお前なら絢奈を幸せに出来るって言うのかよ!?」

その言葉に、俺は一切の迷いなく頷いた。

「もちろんだ。俺が絢奈を必ず幸せにしてみせる……って言い切ると傲慢に聞こえちまうかもだが、それくらいの覚悟は持っているつもりだ」

そして俺もまた彼女の傍で幸せになってみせる……これが俺の想いだ。

いくつもの問題を片付けることが出来たとはいえ、この先の未来がどうなるかは知り得ない……そんなもんを知っているのは神様くらいだ。

でもだからどうしたって話だ。

俺は絢奈と支え合い、二人で必ず幸せになる――この決意は絶対に変わらない。

「どちらかが一方的に与えるだけじゃない……俺たちは共に支え合い、何があっても前を向いて歩いていく……互いを信頼し、必ず二人で幸せになる。それが俺たちの決意だよ」

「…………」

修は何も言い返す言葉がないらしく俯いて動かなくなった。

……いずれ修と話をしなくてはならないと思っていたが、彼の言葉を聞いてカッとなって言いたいことを全部言ってしまったな。

けど何も後悔はしていない……これは言わなければならないことだったんだよ。

「……っと、もうすぐ昼休みが終わるな」

何時だろうと思いスマホで確認すると後十分もすれば授業が始まる時間だ。

目の前の修を見るに今回はここまでといったところか……教室に戻るため、俺は修の傍を通る時にボソッと囁く。

「授業、遅れんなよ」

分かっていたけど、修は一切何も答えなかった。

言いたかったことを全部口にしてしまったとはいえ、出来ればこれが俺たちの最後の会話でないことを祈る……なんて思うのは都合が良いのかな？

屋上から屋内に入り、少し階段を下りたところで俺はまさかの人物を目にすることに。

「……会長？」

伊織……生徒会長様が腕を組みながら、壁にもたれるように立っている。

どうしてここに……？　そう疑問を抱くのは当然だが、まさか俺たちのやり取りを聞いたのか……？

「こんにちは雪代君」

「あ、はいこんにちは」

様子は……いつも通りだ。

彼女はチラッと俺が降りてきた階段に視線を向け口を開く。

「盗み聞きをするつもりじゃなかったわ。ただ、お手洗いの帰りに偶然二人の姿を見かけてしまってね」

「……ということは聞いたんですね」

「ええ……ごめんなさい」

「いえいえ、別に謝るようなことじゃないですよ」

逆の立場だったら俺だって気になると思うしなぁ……それに、知った仲でもあるから本当に不快に思っていないことを伝えると、伊織はそれなら良かったと笑みを浮かべた。

「雪代君は凄いわね。どこまでも未来を見据えてしっかりと自分の意見を持っているんだから。音無さんを幸せにするって言葉、凄く胸に響いたわ」

「会長に響いたんですか？」

「別にいいでしょうが。こう言ったらなんだけれど、女としてキュンとしたわよ？」

「……そうっすか」

不意打ちのウインクについ視線を逸らす。

俺は美少女の絢奈で見慣れているが、それでもこんな至近距離でそういうことはしないでもらいたい……普通にドキッとした。

「そんな風に想われるなんてとても幸せなことだわ。音無さんのこと、大事にしてあげなさいよ？」

「言われずともですよ」

「ふふっ♪」

もちろん、そんなことは誰に言われるでもなく当然のことだ。

こうして俺と話す中でも伊織はチラチラと階段の先が気になるようで、明らかに修を意識……いや、心配しているのがよく分かる。

「修のこと……心配してるんですよね？」

「……ええ、あの姿を情けないと思ったのにね。音無さんのことを引き摺り続ける姿を見ても、今まで彼と過ごした時間が消えるわけじゃないから」

伊織はただただ切なそうにそう漏らした。

お互いに何も言わず少しだけ気まずい無言の時間が続き、こんな空気を変えようと思ったのか伊織がクスッと微笑む。

「変な空気にしてごめんなさい。昼休みも終わるし教室に戻りましょうか」

「そうですね。あっとそうだ」

「どうしたの？」

俺が今から口にすることはゲームの状況とは変わったからもう心配のないことだと言える……だからただのおせっかいだ。

「会長は大学に進学するんですよね？」

「そうだけど……いきなりどうしたの？　別にこういう話をするのは構わないけれどまだ気が早いわね」

「まあまあ……その、大学って結構怪しいサークルとかもあるって話です。なので気を付けてくださいってことを言いたかったんです」

仮にゲームのシナリオ通りとは言わずとも、普通にリアルで怪しいサークルというかヤリ目的のサークルが存在すると聞く……って、何故か目を丸くされてる。

「えっと……」

「……いきなり大学の話になってどうしたのかと思ったけれど、まさかそんな心配をされているとは思わなかったわ」

ですよねと、俺は頭を掻きながら苦笑した。

確かに伊織からすればいきなりこんなことを言われて面食らっただろう、それは俺も重々承知している……現実との区別が付いていないのかよと、そう言われてもおかしくないことだ。

でもやっぱり心配しちゃうだろうが。

「ふっふ～ん。心配してくれるのは嬉しいけれど、生憎と私は自分を安売りするような女じゃないし、そういうことには十分に慎重だと思うわ」

胸を張って自信たっぷりの様子だが、その姿が逆に心配になる。

だってあなた……ゲームでは登場シナリオの冒頭でそんなことを言った次のシーンではもうアレだったたし。

「そもそもそんなサークルには近づかないし、お酒の誘いなんかにも乗るつもりはないわ。まあ私のことだからお酒にも強そうだけれど」

いいえ、あなたはお酒にめっちゃ弱いです……というか絢奈の導きと策略の果てとはいえ、何の疑いもなくヤリサーに入ったんですわ……。

俺が何を考えているのか知る由もなく、得意げな様子で伊織は言葉を重ねていく。

「心配しなくても、私はそこまで弱い女ではないつもりよ！」

ふふんと鼻を鳴らした彼女はとても頼もしい……なわけあるかいな！

普段のクールな彼女と違い、テンション高く自信満々な姿は新鮮でとても可愛いという印象を抱くのだが、フラグを立てまくるその言動には流石の俺も、じゃあ大丈夫だなと言えるわけがない。

「……不満そうね」

「いえ……」

思わず伊織から視線を逸らしたが、これって認めたことにならないか？

ゲームと現実を混同することが間違っているというのはよく分かっている……でも脳裏には彼女の快楽に溺れた表情が残っているせいで、自信に満ち溢れる顔を見せられるほど心配になる。

「雪代君？」

「……はっ⁉」

「ボーッとしてたわよ」

「すみません！」

いかんいかん、つい考えに没頭していたみたいだ。

そうこうしている内にもうすぐ授業が始まる時間が迫ったということで、それぞれ教室に戻ることに。

「雪代君」

「はい？」

「修君とのことは……自分なりに答えを出すわ」

「……はい」

「それと心配してくれてありがとう。自分では大丈夫と思っていても、世の中には予期しないイレギュラーはあるものね。あなたの言葉はただの忠告としてではなく、確かに起こり得るものだとして十二分に気を付けさせてもらうわ」

そう言って伊織は歩いていった。

「……まさか、あんな風に言われるなんてな」

俺が提示した気を付けてほしいこと……本気にしてなさそうだったのに、どうして最後はあんな風に言ったんだろう。

「う～ん……考えても分からんなぁ。ってトイレ行かないと！　急げ！」

授業に遅れて先生に大目玉をもらうのは勘弁だ。

……にしても修の奴、まだ屋上から降りてきてないよな？　一抹の不安を抱いたが、結局授業の始まるギリギリに修は戻ってきてその点については安心するのだった。

そうして何度も思うことだが、昼以降の眠たい授業を頑張って耐え抜き訪れた放課後。

「雪代」

「うん？　どうした相坂」

終礼の後、先生が教室から出ていってすぐ相坂が近づいてきた。

いつもは放課後になったらすぐ部活動に向かう相坂だが、こうして声を掛けてくるのは珍しい……珍しい方だよな？

「実は今日、部活が休みになっちまってさ。もし良かったら雪代とどっか遊びに行こうと思ったんだが……」

「へぇ、いきなり休みって珍しいな」

そういえば今日、グラウンドの方に業者が入って何か作業するとか朝礼で言ってたような……もしかしてそれでかもしれないな。

放課後……最近の俺は基本的に絢奈とずっと過ごしている。

あまりに部活が忙しい相坂とは放課後に遊ぶ機会に恵まれなかったけど……う～んどうしようか。

「斗和君、相坂君と遊びに行くなら遠慮はしなくて大丈夫ですよ」

悩んでいた俺にそう言ってくれたのは絢奈だ。

「いいのか？」

「はい。最近はずっと一緒に居ましたし……あ、もちろんどれだけ一緒に居ても斗和君の傍に居たい気持ちは全く揺らぎません。ですけど、せっかくこうして相坂君が誘ってくれたんですから」

……そうだな、絢奈もこう言ってくれてるし今日は相坂と遊ぶとするか！

「なら相坂と遊ぶことにするよ。絢奈はどうするんだ？」

「私は特に用はないので真っ直ぐ家に帰ろうと思います。ですので心配はしないで大丈夫ですよ。なんなら十分に一度メッセージを送りますね」

「あはは……そこまではしなくて大丈夫だぞ？」

「そうですか？　むぅ……」

流石にそれは絢奈の方が大変だろうって気持ちと、愛が重たい絢奈だからこその思い遣りだ。

それから絢奈と少しやり取りをした後、相坂と共に校舎を出た。

外に出るといつもは聞こえてくる運動部の声がないのは若干寂しいな……どうやら野球

部だけでなく、サッカー部や陸上部も今日は休みらしい。

「外で活動する部活が休みだと静かだな」

「だなぁ……っても、明日からまた騒がしくなるけどさ」

「逆にその方が落ち着くぞ。校舎を出て運動部の声が聞こえてくると今日も学校終わったんだなって思えるし」

「はは、なんだよそれ」

いやいや、もうそういうもんなんだよ。

そんな風に楽しく会話をしながら俺たちは街へと繰り出した。

▽▼

「行っちゃいましたぁ……」

「あ〜あ、そんなことなら相坂にあげなかったら良かったのに。仮に遊びに行くとしても絢奈も一緒に行けば良かったじゃん」

うぅ……確かに刹那(せつな)の言う通りですね。

本来なら今日も今日とて斗和君と一緒に過ごすつもりだったけれど、せっかく相坂君が斗和君を誘っていたのでそちらを優先してもらった。

「ずっと私を優先してほしい気持ちはありますよ。でも友達というのはとても大事なものですから、せっかくの機会は大切にしてほしいんです」

「そういうもんなの？」

「そういうものですよ。同性でもドキッとする表情でそういうこと言わないでよ」

「っ……絢奈さぁ。同性でもドキッとする表情でそういうこと言わないでよ」

「どういうことですか……」

「アンタは女さえも堕とす気かっつってんの！」

だからどういうことなんですか……。

確かに刹那は魅力的な女の子だけど、同性とのそういうことは想像も出来ないしそもそも興味もない……私が愛する相手はどんな状況であろうと斗和君だけ。

……ちなみに刹那の言葉に他の友人たちがうんうんと頷いていたのは見ないフリをしておきます！

「それで絢奈はどうすんの？　雪代には真っ直ぐ帰るって言ってたけど」

「そのつもりですよ。用事を済ませたらすぐに帰るつもりです」

用事と言っても大したことではないけれど。

それから軽く刹那たちに挨拶をした後、私は教室を出る――向かう先は本条先輩が居るであろう生徒会室。

「………………」

私の言った用事はこれだ。

本条先輩に呼ばれているわけではなく、あちらに訪れて明確に何かをしたいわけでもない……ただちょっと気になっただけ。

たぶん、昼休みにあったことを斗和君から聞いたからかもしれない。

「本条先輩……居ますよね？」

もし本条先輩が居ないのであれば帰ろう。

そう思ってノックをすると、中から本条先輩の声が響く。

「どうぞ」

「……失礼します」

扉を開けてまず目に入ったのは机の上に置かれた大量の書類だ。

見るだけでも嫌になりそうな量の書類を処理している本条先輩は、訪れた私を見て目を丸くしている。

「音無さん？　どうしたの？」

「すみませんいきなり」

「別に謝るようなことじゃないわ。え、もしかして約束とかしてたかしら？」

どうやら私がいきなり訪れたことに対し、本条先輩はもしかしたら約束でもしていたのかと自分を疑い始めたようだ。

えっと……こうなると特に理由のない訪問をしてしまったことが申し訳なく感じてしまいますね……まず最初に説明しないと。

「特に約束はしていませんので忙しいのであれば帰ります……その、少し本条先輩とお話がしたかったんです」

正直に言うと本条先輩はまた目を丸くしてしまいます……そんなに変ですか？

「音無さんがここに来るのは初めてではないけれど、大体は私の仕事を手伝ってくれたりする時だものね。それなのにただ私とお話がしたいとそう言うの？」

「……はい」

「……ふふっ、珍しいというか今までにないじゃないの。でもいいわ座って」

そんなに大量の書類があって手を止めて大丈夫だろうか？

ジッと書類を見つめる私に気付いたのか本条先輩は大丈夫だと言って笑い、急ぎで片付けるものではないことも教えてくれたので、それが本当かは分からないけれどそれならと私は安心した。

「それで、何を話したいの？」

「…………」

テーブルを挟み、向こう側から本条先輩はジッと私を見つめる。

何を話したい……何を話せばいいのでしょうか。

「……すみません。話をしたいと言ったものの、気になっただけなんです」

「気になった？」

「はい。斗和君から昼休みのことを聞いて……それでですね」

「あ〜」

本条先輩は納得したように頷く。

「なるほどね。後はあれかしら？　最近の修君に対して私も思う部分があること、それで彼と私を引き合わせたことに罪悪感を抱いているとか？」

「……かもしれませんね」

「そう」

罪悪感……かもしれない。

元々私が復讐(ふくしゅう)をしたかったのは斗和君を傷付けた者たちだけ……でも、更に修君を苦しめるために用意したのが本条先輩と真理ちゃんだ。

私は……私はとてつもなく恐ろしいことをしようとしていた。

今となってはもうそんなことをしようとは思わないけれど、当時の私は本当にとんでもないことをしようとしていたんだ……けれど全部をなかったことには出来なくて、私が前に進んだのと引き換えにそれまで用意した関係性は当然のように歪んでいったのだから。

「……ふふっ、まさかあなたがそんなことを考えているなんてね」

「私は……」

「言っておくけど、私は修君と知り合ったことを後悔はしていないわよ。そもそも修君と過ごした時間をなかったことにしたいとは思っていないし」

その言葉を聞いた私は本条先輩の顔をジッと見つめた。

彼女も私から一切視線を逸らすことなく見つめ返してくるけれど、その瞳から感じ取れたのはどこまでも優しさを思わせる温もりだ。

「雪代君にも言ったように、最近の修君には思う部分があるわ。彼が経験したのはただの失恋……恋愛をしていれば誰もが経験するものよ。気持ちは分かるけれど、駄々を捏ねる子供のように認められない姿は格好悪かった」

「…………」

「けど……だからといって今までの修君との思い出はなくならないわ。最初は音無さんが間に立って私たちを繋(つな)いでくれて……それから少しして修君はありのままの姿で私と接してくれるようになった。単純よ単純……あまりに単純で恥ずかしいくらいだけれど、私はそんな修君との時間が好きだったの」

「そう……なんですね」

「ええ。こう言ったら修君には悪いかもしれないけど、私はちょっと頼りない男の子に惹(ひ)かれるのかもしれないわね」

我ながら困ったものね、そう言って本条先輩は笑う。

ちょっと頼りない男の子……ちょっとどころじゃない気もするけれど、確かに修君と一緒に居る本条先輩はいつだって楽しそうだった。

前の私は仲良くなっていく二人を見て何の感慨も抱かなかった……でも改めて思い返すと本条先輩は本当に楽しかったんですね。

「だから情けなく思ったとしても、今までのことを全部忘れて、はいさようならはあまりにも寂しいから」

「……そうだったんですね」

「まあ距離を取るというのは彼にとって傷を癒やす時間が必要だと思ったから。それと改めて考えてほしいのよ――今のままではこの先どうなるか、変わらなければいけないんだと知ってほしいから。幸いにも雪代君の言葉はかなり修君に響いたみたいだし」

私は斗和君がどんな言葉を口にしたのか、それを全部知っているわけではない。

でも修君との言い合いの末、これからのことを見据えた言葉を伝えると修君は何も言い返せない様子だったとは聞いている。

「あそこまで強く言えるほど、雪代君は音無さんのことを愛している……そこは一人の女として羨ましいとは思ったわね」

「……そうですか」

「あら、顔が赤いわよ？」

「うるさいですよ」

あ……ついうるさいって言っちゃいました……。

私の反応にクスクスと楽し気に本条先輩は笑いながら話題を変えた――どうやらここからは斗和君の話をしたいらしい。

「彼は……雪代君はとても不思議な人ね。彼の言葉はよく響くもの」

「それは私自身よく分かりますよ。斗和君の言葉には何度も救われましたから」

斗和君の言葉は何か特別な力を持っているかのようにとても心に響く。

私を救ってくれたのも、私を変えてくれたのも、私に前を向かせてくれたのも全て斗和君のおかげであり、彼がくれた言葉のおかげだった。

「私とどんな話をしたかは聞いた？」

「少しだけ……でも世間話程度って言ってましたね」

「なるほどね。大学に関することは聞いてない？」

「大学？」

斗和君は本条先輩と大学に関する話でもしたのだろうか。

本条先輩はともかく私と斗和君も将来のことは大事だけれど、それでもまだ少し早い話題なのは否めないし……ちょっと気になりますね。

私としては最初、どこの大学に行ってどんな勉強をするのか程度の話題だと思っていたけれど、本条先輩から語られたのは予想外の内容だった。

「大学には怪しいサークルがある話も聞くから気を付けてと言われたわ」

「怪しいサークル？」

「その……所謂ヤリサーみたいなものかしら？」

ヤリサー……つまりアレを目的とするサークル？

質の悪い男性……もちろん女性も居るには居るだろうけど、そういうサークルがあることは知識として持っている。

（っ……一瞬、かつての私の考えに合致したのが少し気持ち悪いですね）

大学に行った本条先輩を陥れる策の一つ……もしかしたら私はそれを考えたかもしれないって何故かそう思った。

「コホン……それで？」

取り敢えず続きを聞こう。

「いきなりそんなことを言われて驚いたのは確かよ。でも冷静に考えてそんな怪しいサークルになんて私が近づくわけないし、親しい誰かに誘われたとしても入らないから」

「それはそうですね」

「でしょう？　だからその時は笑ったの……けど……けどね？　何故か私は雪代君の言葉を……その気遣いを最後まで笑って流すことが出来なかった。それぱっかりはどうしてか分からなくて……だから不思議な人って思ったの」

「…………」

「最後にはその忠告を受け入れて、絶対にそうならないよう気を付けようって考えて雪代君にお礼を言ったの――ありがとう気を付けるわねって」

本条先輩からしても斗和君の話は突然で困惑したはず……それでもこうして受け入れて

お礼まで言えたのは本条先輩が斗和君のことを信頼しているから？

「斗和君は本条先輩まで助けたんですね」

「別に私は危ないことにはなってないわよ？　でも気を付けて損がないことを強く考えさせられるきっかけになったのは良かったわ。私は自分自身のことを強く信じている……それで誰かに足元を掬われることもありそうだから」

「確かに本条先輩ってしっかりしてる割にはドジな面ありそうですもんね」

「ハッキリ言うじゃないの音無さん」

「あ……」

つい……言っちゃった。

咄嗟に口元を押さえた私を見て本条先輩はぷくっと頬を膨らませたが、あまり気にしてないようで安心する。

本条先輩は腕を組みながら窓の外を眺めながら言葉を続けた。

「雪代君の言い出したことは突拍子のないものだった……でもそうじゃないと思わせる不思議な感覚もあった。ねえ音無さん」

「はい？」

「雪代君って実は未来人でした、なんてことはないわよね？」

「何を言ってるんですか？」

「ふふっ、あり得ないわよねそんなこと」

斗和君が未来人だとしたら……う〜ん、私の全てを見透かすように救ってくれたこともあってか、そうじゃないと言い切れないのが少し面白いかも。

「仮に……そうですね。仮に斗和君が未来人だとか、私たちと違う何かを持っていたとしても別に気にはなりません。私は斗和君の全てを愛している……彼の全てを私は受け入れ、そして共に居たいと言い続けますよ」

「あら、突然の惚気ね」

「惚気もしますよ、あんなに素敵すぎる彼氏が傍に居るんですから」

本条先輩はあらあらと身を乗り出すように興味を示してくれる。

ただ……私は最近あまりにも斗和君のことが好きすぎて、この好きという感情がひとたび暴走を始めると口が止まらなくなってしまう。

はぁ……これは直さないといけないですよね。

「音無さんの愛は重いわね。いつか雪代君潰れちゃうんじゃない？」

「それは……ないんじゃないでしょうか。斗和君は全部受け止めてくれますし」

「大した信頼ね？」

「だってそれが私たちですから」

私は自分の愛が重たいことなんて理解している……そして斗和君もまた、そんな私を受け止めてくれることも分かるからこう言えるのだ。

盛大に惚気る私を見て本条先輩は笑うだけ……そんな中で私は言葉を続けた。

「本条先輩がそう思ったように、斗和君には何かあると思っています」

「そうなの？」

「はい。それが何であるか気にならないと言えば嘘になりますけど、そこに関しては斗和君が話してくれるのを待つだけです」

「……素敵ね」

「はい、斗和君はとても素敵です……ですが」

「？」

「どんな事実があってもそれを知ってしまった時、私の愛はきっと今以上に進化すると思いますね♪」

「それは見てみたいような……」

四六時中斗和君好き好き大好きって言ってるんじゃないですか？

……いえ、それはそれで自分でも馬鹿すぎて嫌になりそうですね……ないとは言い切れませんが気を付けるとしましょう！

「音無さんと話すのはやっぱり楽しいわね。好きな人に真っ直ぐなあなたを見るのは何というか心が温まるのよ」

「私が一方的に喋っていたようなものですけど……」

「それがいいのよ。さてと、私はそろそろ仕事に戻ろうかしら」

「あ、すみません長々と」

「構わないわ。また来てちょうだいね？　寂しくて私と話をしたくなったらいつでもどうぞ？」

ニヤッと笑いながらそう言われ、別に寂しいから来たわけではないと否定する。

しかし私としても本条先輩と話した時間はとても楽しくて、こんな機会がまたあればなと心の底から思ったほど。

「そうだわ！」

「なんです？」

いきなりパンと手を叩いた本条先輩。

「私たちって結構前からの付き合いでしょ？　だからそろそろ、お互いにもう少し親しい呼び方とかどうかしら？」

「名前でってことですか？　伊織先輩？」

そういうことなら先手を取ってみましょう。

本条……伊織先輩は目を丸くしたものの、すぐに嬉しそうに頷いた。

「えぇ！　絢奈さん！」

こうして、私たちは名前で呼び合うことになった。

そんなやり取りをして、私は生徒会室を後にして帰路に就いた――隣に斗和君が居ない帰り道というのは結構新鮮だったがやっぱり寂しい。

「斗和君は不思議な人……ですか」

改めて伊織先輩との話を振り返りそんなことを呟く。

斗和君は本当に不思議な人……どうして彼は、こんなにも色んな人を救うことが出来るのだろうか。

「……はぁ、ダメダメですね私は」

こうやって斗和君のことを考えているとどうしても彼に会いたくなる。

スマホの画面で時間を確認した後、私は自分の家ではなく斗和君の家へと進路を変えた……やれやれ、本当に私は困った女です。

「……？」

　ふと、絢奈(あやな)の声が聞こえた気がして首を傾(かし)げた。

「どうした？」

「いや……何でもない」

　流石(さすが)に思ったことをそのまま口にしたところで、相坂(あいさか)にどんだけ考えてるんだよと揶揄(からか)われるだけだろうし……でもちょっと気になるな。

　スマホに連絡が入ってないか確認してみたけど何もないし……うん、やっぱり俺の気のせいかもしれない。

「俺って友達と一緒の時にスマホばっか見んじゃねえよ」

「彼女みたいなことを言うな」

「むむっ!?　やっぱり音無(おとなし)さんはこういうこと言うのか？」

「絢奈は……あまり言わないな。というより絢奈と一緒の時にスマホを見るのは時間確認くらいだ」

「へぇ……それだけ二人で過ごすことに夢中になっていると？」

「そうだな」

彼女と二人なら大体そうだと思うんだが……。

まあ絢奈と二人だと話のネタは尽きないし、仮に会話がなくとも彼女とのまったりとした時間は心地よくて……改めて思い返しても絢奈が傍に居る時にスマホを触り続けるとかは確かにないな。

「……いずれ、彼女が出来た時の勉強になるな！」

「ふ〜ん？」

「な、なんだよ……」

こいつ、絢奈との話を聞いてる時にニヤニヤしまくってたし今度はこっちからお返しに聞いてやろうか？

無理に聞かないと決めていた手前、絢奈には悪いが少しだけなら別にいいだろう。

お前って結局真理（まり）のことをどう思ってるんだ？　そう真っ向ストレートに聞こうとしたが、そこでまさかの人物が俺たちに声を掛けてきた。

「あれ？　雪代先輩と相坂先輩です！」

「え？」

「なぬっ!?」

真横から名前を呼ばれ視線を向ける。

声ですぐに分かったがそこに居たのは真理で……って運動着姿？

「やっぱりお二人でした！」

にぱぁっと輝かんばかりの笑顔を浮かべた真理が目の前に立つ。

相変わらず邪気を一切感じさせない微笑みにこっちまで頬が緩みそうになる中、チラッと隣を見れば相坂はガチガチに固まるだけでなく顔も赤い……何度目になるか分からないが敢えて言わせてもらっていいか？

「確定だろ」

「え？　何がです？」

「すまん何でもない」

真理は俺から視線を外し、固まったままの相坂へと視線を向ける。

「相坂先輩……？　顔が真っ赤ですけど大丈夫ですか？」

「あ、あぁ……全然大丈夫だぜ！」

全然大丈夫じゃないよね？

学校で見た時は普通に会話しているように見えたけど、もしかしたら顔が見えなかっただけでずっとこんな感じだったのかもしれない。

「……相坂先輩……私と話をする時こうなること多いですよね？　私もしかして何か困らせていますか？」

そう言って真理は相坂へと聞く。

上目遣いにも見える真理の仕草、それは人によってはあざとさを感じさせるだろうが俺からしたらやはりそういうものは感じない。

心から心配しているからこそ真理は相坂から視線を外さない……さてさて、相坂はどう答えるんだ？

「そ、そそそそそんなことはないぞ⁉　俺が内田さんと話をして困るだなんてそんな……絶対にない！」

「嘘ですよ！　だって明らかに様子がおかしいじゃないですか！」

二人とも、デカい声でコントはやめてくれ？

この光景を眺めているのもそれはそれで楽しいんだが、普段見ない照れに照れている相坂の姿を見ていると背中がゾワゾワしてくる……失礼だとは思うけどやっぱりこいつにはその体格に似合うような堂々とした姿が似合うんだよなぁ。

「おかしいです！」

「おおおおおかしくないって！」

「取り敢えずコントはやめてくれ二人とも」

いつまでも続きそうだったのでいい加減に止めさせてもらう。

相坂は顔が赤いままではあったが、真理は俺の一声にスッと大人しくなり視線を向けてくる。

「話を止めて悪いな。なんつうかあのままだと止まりそうになかったから」

「えっと……ごめんなさい」

「謝らなくてもいいって。それより……真理のその恰好を見るに運動してたのか？」

そう聞くと真理は元気よく頷いた。

「はい！　今日は部活がお休みだったので、少しでも体を動かしたいと思って走っていたんです！」

「真理は本当に熱心だよな」

「えへへ♪　ただただ頑張りたいだけです♪」

そうやって一つの目標……真理の場合は陸上で良い結果を残すというのが目標にはなる

んだろうけど、それに向かって常に邁進し続ける姿というのは本当に立派だと思う。

「す、すすす凄いな内田さんは……」

「相坂先輩だって凄いですよ。いつも大きな声を出して、たくさん汗を掻いて走ってるじゃないですか」

「いやいや、俺はそうやって頑張るしかないからさ！」

またさっきと同じ光景が再現されるのかと思いきやそうはならなかった。

何故なら真理が俺には絶対に聞き逃せないこと……あってはならないことを口にしたからである。

「でも……ランニングをしている時にちょっと嫌なことがあって」

「何があったんだ？」

「その……変な男の人に絡まれたんです。とても良い体をしている、もっと上のレベルを目指すためにスポーツジムに通わないかって」

スポーツジム……その言葉に俺は分かりやすく反応した。

不穏な話題に真理、そしてぎこちない相坂が会話を展開していく中……俺の頭の中には一気にゲームの記憶が鮮明に蘇る。

スポーツジムに通うことが原因となり、体を蹂躙されてしまう真理……ったく、今になって嫌なことを思い出させてくれやがる。

「マジかよ……それで大丈夫だったのか？」

途端に冷静になった相坂の問いかけに真理は頷いた。

「凄く気持ち悪さを感じて逃げちゃいました……評判の良いスポーツジムだったのでちょっとガッカリしましたけどね」

真理の表情には大きな落胆の色が見て取れる。

ゲームではスポーツジムを訪れたという描写があるだけで、スポーツジムの所在地や名前も確か明らかにはなっていなかったはずだ。

「雪代？　お前顔色が……」

「どうかしたんですか⁉」

「……え？」

顔色……？

確かに少し体がひんやりしているような気もするが……俺は二人に大丈夫だと伝えて、手をヒラヒラと振る。

俺は少し確かめたいことがあったため、すぐにその場を離れた。

二人には別れるその瞬間まで心配させてしまったけど本当に大丈夫なんだ……それにも

し倒れたりしたら絢奈から雷が落ちてくるし、それを想像したら怖くて俺の体は意識を失っても倒れないっての。

「……ここか」

しばらく歩いて向かった先、そこはスポーツジムだ。

用がなければ来ることのない場所なだけあり、この辺りにも今まで来ることはなかった。

一つの運命が残酷な未来へと向かうこの建物の入り口前――一人の男がタバコを吸いながら辺りをチラチラと見回している。

「っ……あれは」

スポーツジムのトレーナーが分かりやすくタバコなんか吸っていいのかよ……なんてツッコミを忘れてしまうその男の顔を俺は知っている。

奴はゲームで真理を襲った人間……まさかこうして実際に目にする日が来るとは思わなかった……しかもこんなに早く。

「ただ……本来の出会い方じゃなく、真理も奴を拒絶した……あの優しくて元気の塊みたいな子が表情を歪めるくらいに」

それだけさっきの真理の表情は印象的だった。

この時点であの男に対する印象は最悪だろうし、もうこのスポーツジムには近づかないだろう。

「……ったく、こういう形で出てくんのかよ」

絢奈が関わらずとも奴らはこうやって現れ、そして接触を図ろうとしてくる……世界に修復力なんてものがあると思いたくはないが、これをただの偶然として片付けるにはあまりにも俺の記憶が邪魔すぎる。

「…………」

あの男……名前は当然知らないが、タバコを吸いながら通行人を物色するその表情は、遠目でも分かるくらいに欲望に満ちている。

俺はジッと彼を見つめるあまり、背後に近づく気配には一切気付かなかった。

「何をしているのかなぁ？」

「っ⁉」

背後から突然掛けられた声……俺にとってそれは初めて聞く声だ。

そうでなくとも意識外からの奇襲のようなそれは俺を強く驚かせ、情けない悲鳴を上げることは幸いなかったけど……一体誰だ？

俺に声を掛けてきたのは女性で、母さんみたいな派手さが見た目にはあった。

間違いなく今日初めて会った人で知り合いでは断じてない……その人は驚いた俺が面白

かったのかクスクスと笑っている。

「あははっ、いきなりごめんねぇ。流石に驚かせちゃったかな？」

「…………」

「ありゃ？　警戒されてる……？　そんなバナナ!?　こんな綺麗なお姉さんを警戒するなんてあり得なくない!?」

何だこの人……というかちょっとネタが古くない？

自分で自分のことを綺麗なお姉さんなんて大した自信だが……まあ確かに美人なのは間違いない。

（……全然知らない人だしさっさと帰るか）

背後にあの男が居るとはいえ、今の俺に何かが出来るわけでもない。

それならもうここに用はないので帰ろうとしたが、そんな俺から先手を取るかのように女性はこう言った。

「さっきからジッとあいつを見てたよね？　何かあるのかな？」

その一言にドクンと心臓が跳ねる。

この人は一体いつから俺を見ていたんだ……？　疑問は尽きないがもしかしてこの人はあの男と知り合い？　嫌な予感ばかりが頭の中をグルグルと駆け回り、それなら早くこの場を去った方がいいのに足が地面に縫い付けられたかのように動かない。

「それで君はどうしてあいつを見ていたんだい？　学生の君と見るからに質の悪そうなあいつに接点があるとは思えない。ほれほれ、お姉さんに話してみたまえよ」

「…………」

ニコニコと微笑むその表情から悪意は感じられない……気がする。

というよりこの雰囲気……誰かに似ている？　そんな気がしたからか、俺は別にいいかと思い話してみた。

まあ、とっとと話して帰路に就けばいいかと思ったのもある。

「その……多分あの人だと思うんですけど」

「うんうん」

「俺の後輩の女の子が絡まれちゃったみたいで……彼女はすぐに気持ち悪くなって逃げたとは言っていましたけど、どんな人か気になっただけです」

「へぇ、そんなことがあったんだ。その後輩って彼女さんだったりする？」

「違いますよ。彼女は……って、それはまあいいじゃないですか」

「あははっ♪　まあ確かにねぇ」

その瞬間、女性の雰囲気が変わった。

女性は俺から視線を外してあの男へと目を向けて言葉を続ける。

「実を言うとあいつとは面識ないけど、その筋だと結構有名っていうか中々に悪い噂（うわさ）を持っている男だよあれ」

「……マジっすか？」

「うん。そっかぁ……君の後輩ちゃんに手を出そうとしたんだねぇ」

「えっと……厳密には全然分からないんですけどね」

「それでもいいさ——ま、あれはあたしに任せるといい」

「……え？」

聞き返した俺だったが、女性は何も答えず俺から離れていく。

少し歩いた先で女性は振り向き、手を振ってきた。

「それじゃあねぇ。またいずれ会おっか——斗和（とわ）坊？」

「ちょ、ちょっと⁉」

女性はそのまま駆け足で向こうに行ってしまった。

「……名前、呼ばれたよな？」

あの女性は確かに俺の名前を呼んだ。

斗和坊……この呼ばれ方は初めてだが確かに俺の名前だ——あの人は最初から俺のこと

を知っていて声を掛けてきた……今そう答えが出たわけだが。

「……分かんねえ」

ダメだ……いくら考えても、いくら思い出そうとしてもあの女性には覚えがない。

「……帰るか」

取り敢えず今日はもう帰ろう。

スポーツジムのことに関してあまり心配はしていないが、警戒するに越したことはないので改めてまた真理と話をするのもいいかもしれないな。

それから俺は改めて先ほどの出来事を胸に留めながら帰路に就く。

突然に声を掛けてきた女性のことも気になるけれど、少なくとも今はそこまで深く考えなくて良さそうだ……というより、ちょっと疲れたから早く帰りたいというのが本音だった。

「ま、もしかしたら最悪の連中が絡んでくる可能性がまだ残されている……それが分かっただけでも良しとするか――はぁ、ため息が止まんねぇ」

でも頑張るしかない。

何があってもそれに立ち向かえる勇気は持ち合わせているつもりだ――自分が望む未来を手繰り寄せるために、俺は何者にも屈しはしない！

そんな強い決意を胸に抱いた俺だったが、まさかまだ今日という日が俺に牙を剝くなんて思うわけもなく——しかし、それはある意味で一つの決着だったのだ。

「あ、斗和君！」

「え？　絢奈？」

母さんが今日遅くなることは聞いていたので、家に帰っても誰も居ないはずだったのに……どうして絢奈が居るんだ？

「斗和君！」

「おっと」

ギュッと抱き着いてきた絢奈を受け止めたが、俺としてはやはりどうして絢奈がここに居るのかという疑問が先に立つ。

「一つ確認してもいいか？」

「はい、なんなりと」

「俺……もしかして約束とかしてた？」

絢奈との約束を忘れていた？　いやいや、俺に限ってそんなことあるわけがない。

しかしこんな夕方に彼女がただ一人家の前で待っていた……こんなの約束を忘れていたなんてあり得ないことを想像してしまうのもおかしくない。

「あ、もしかして何か約束をしていたんじゃないかって誤解していますか？」

「違う……のか？」

おや、この様子だとやっぱり違うのか。

俺は自分の記憶が間違っていなかったことに安心し、改めてどうしたのか聞くことにしたんだが……まあ悶絶することになるよねって話だ。

「斗和君に……」

「俺に？」

「……会いたくなったんです」

照れ臭そうに、けれども待ちきれなかったと伝えてくれた絢奈を強く抱きしめない理由はない。

胸元に顔を埋め、何度も俺の名前を口にする絢奈を見て理解した——彼女は本当にただ、今この瞬間俺に会いたかっただけなんだ。

「会いたかった……別にお泊まりとか我儘は言いません。本当にただ、会ってこの寂しさを埋めたかったんです」

「そんな風に言われると帰したくなくなるが？」

「それもそれで素敵ですね♪　でも流石に突然になってしまいますから」

母さんも星奈（せいな）さんも絶対にダメなんて言わないだろうけどな。

むしろ是非そうしろと笑顔で言ってくる光景が目に浮かぶようだが……確かに全く準備もしていないし明日は平日で学校あるしな。

翌日が平日でも絢奈が泊まっていくのは今更だが、まあ今日は彼女を今から家まで送っていこう。

「そういえばあれから絢奈はすぐ帰ったのか？」

「いえ、伊織（いおり）先輩と話したくて生徒会室にお邪魔したんですよ。ちょっと気になったので」

「へぇ？」

「斗和君は素敵だってたくさん言っておきました！」

「なんで!?」

一体何を話したって言うんだ……。

ニコニコとご満悦の様子なので悪いことは話してないだろうけど……女の子の同士のことだし気にはなるけど追求はやめておこう。

（……ははっ、本当にいいよなこの空間）

隣で笑っている彼女を見ていると改めて思うよ——必ず守るってさ。

「どうしました？」

「何でもないよ」

「嘘ですよ！　その顔は絶対私のことを考えていました！」

「正解」

「やっぱり！　……っ」

自信満々に言い当てた割には照れちゃうのか。

俺の腕を抱きながらモジモジする絢奈と目が合う度、彼女はクスクスと微笑みながらも幸せそうにこちらを見つめてくる。

今日も今日とて本当にこれからのことを考えさせられる困り事を目にしたわけだけど、そんな一日でもこうして絢奈と過ごせて終われるのでお釣りみたいなもんか。

「そろそろ……家ですね」

「だな。寝る前に電話してもいいか？」

「許可を取る必要はありませんよ」

「分かった」

そろそろ絢奈の家が見えてくる頃合い……この幸せな時間も一旦終わりだ。

いつだってスマホを通して会話が出来るとはいえ、傍に居る彼女と離れるのはどんな時でも寂しいもの……けれど、やっぱり俺と絢奈を包むのは幸せなんだ。

このまま良い気分で彼女と別れる——俺はそう思っていた。

「あら、絢奈ちゃん？」

「え？　絢奈お姉ちゃん」

その声が聞こえるまでは。

ドキッと心臓が跳ねるよりもその声に視線が向く——俺の視線が捉えたのは修の母親である初音さん、そして妹の琴音だった。

まさかここで鉢合わせするとは……いや、絢奈の家の近所に修の家もあるから出会うこともあるだろう。

（いや、単に気を抜いていただけだな）

でも……そこで俺はふと思った。

いくら過去から続く因縁があり、彼女たちに言われた言葉が心に残り続けているとはいえ……いつまでビクビクしてんだって、俺はそう思ったんだ。

「……あなたは」

「……なんでアンタがここに？」

初音さんと琴音は俺という存在を認識した瞬間、目の色を変えた。

案の定というか予想通りの反応で思わず笑みを浮かべそうになったが、ここでそんな顔をしたら果たしてどんな反応をされるか……想像するだけで面倒だ。

「お久しぶりです――」

「喋らないで」

……相変わらず嫌われているようで何よりだなこれは。

ここまであからさまだと逆に良い気分……とまではならないけれど、星奈さんと違ってどうにか和解したいと思わないのもある意味楽かもしれないな。

さて、この状況どうするか……。

そう考えていた時だ――彼もまた、この場に居合わせた。

「……何、してるの？」

この混沌とした場に登場したのは修だ。

放課後すぐに居なくなったから帰ったものと思っていたが……とはいえ、なんだこの状況あまりにもカオスすぎるだろ。

逃げたいと思わないが逃げたいと思ってしまう矛盾……ここに居る全員が動きを止めて

いたが、先に動いたのは初音さんだった。

「なるほどね。最近絢奈ちゃんの付き合いが悪いのはそいつのせいだったわけね。修も元気がなかったし……あなた、本当に碌なことをしてくれないわね？」

もちろん、この言葉の矛先は俺以外にない。

初音さんに続くように琴音も俺を睨みつけながら口を開く。

「お兄ちゃん落ち込んでて……何があったか教えてくれなかったけどやっぱりアンタが原因じゃん。性懲りもなく絢奈お姉ちゃんに付き纏ってさ！」

このまま好き勝手言われるのも気分が悪いが、別に怒りが湧くこともない。

こう言ったら彼女たちは激怒するだろうけど……何というか、俺という個人に対してここまで攻撃してくる彼女たちがとても哀れに見えて仕方ないんだ。

自分たちの価値観だけを頼りに好き勝手に行動する彼女たちに対し、俺は相手にする価値もないと言わんばかりに大きくため息を吐く——そしてそんな俺の姿に再び彼女たちが嚙みつこうとした時だ。

「あなたたち、黙ってくれませんか？」

隣に佇む絢奈が冷ややかな声で言った。

絢奈の声は場を支配する力を秘めていた……彼女はあくまで普通の女の子ではあるが、

その時に感じた重圧はあまりにも凄まじかった。

「絢奈……ちゃん？」

「っ……」

絢奈の様子に初音さんと琴音が目を丸く……いや、怖がっていた。

まるで絢奈が絢奈ではない何者かに見えているかのように、彼女たちはジッとその場から動かず絢奈を見つめ返すだけ。

チラッと修を見れば、彼に関しては目を丸くして純粋に驚いている様子だ。

「斗和君」

「うん？」

彼女たちに向けていた雰囲気は鳴りを潜め、俺を見る彼女は微笑んでいた。

「いい機会ですし、あの人たちに言いたいことがたくさんあります——だから少しだけ黒い私が出ちゃうかもですが、どうか嫌いにならないでくれると嬉しいです」

「俺が絢奈を嫌いに？　そんなことは絶対にないから大丈夫だよ」

「はい♪　そう言ってくれると分かっていました♪」

絢奈はそう言って視線を初音さんたちに戻す。

全部が全部を彼女に任せるというのは恰好が付かない話ではあるのだが、今の絢奈は俺ですら絶対に邪魔出来ない雰囲気を纏っている。

俺が何を喋ったところで彼女たちに届かないのであれば、ここは絢奈に任せることにしよう。

「初音さん、琴音ちゃんも。私はずっと言いたかったことがあります――それはとても簡単な一言で、大っ嫌いという言葉です」

俺の位置から絢奈の顔は見えない。

その代わりに見ることの出来る初音さんと琴音の表情……それは先ほどよりも更に強い驚きに満ちたもので、何を言われたのか理解出来ていないといった感じだ。

「私はずっとあなたたちが嫌いでした。私の大好きな人に対し、心無い言葉を言い続けたあなたたちが心底憎かったんです」

「何を……」

「絢奈……お姉ちゃん？」

初音さんや琴音にとって、絢奈は常に身近に居る存在だったはずだ。

まさかこんなことを絢奈が思っていたなんて想像出来るわけもないだろうし、なんなら俺に言わされていると誤解してもおかしくない。

その証拠に今、初音さんは俺を睨もうとしたが……そこで鋭い絢奈の声が響く。

「私から視線を逸らさないでください！」

「っ⁉」

俺でさえ聞いたことがないほどに絢奈の声が大きかった。

強制的に言葉を発せなくなった初音さんも、初めて見る絢奈の姿に恐れを抱く琴音も、琴音と同じく初めてこの姿を見るであろう修も……絢奈は彼ら全員を自分の支配下に置いている。

「私は……ずっとあなたたちが憎かった。どうやって破滅させてやろうか、どうやってその言葉の代償を払わせてやろうかって……ずっとそれだけを考えていたんです」

絢奈はそこで視線を修に向け、ゆっくりと言葉を続けた。

「ねえ修君……何故、あなたはあの時笑っていたんですか？　サッカーの大会に出ることが出来ないと斗和君がお医者様に言われた時、どうしてあなたはあんな笑みを浮かべたんですか？」

「……あ」

問われた修はサッと視線を逸らす。

絢奈は返事を期待していたわけではないらしく、特に表情を変えることなく視線を初音さんたちへと戻した。

「初音さんに琴音ちゃん、どうしてあんなに酷い言葉を口に出来たんですか？　私からすれば、あなたたちは人の皮を被った化け物に見えたくらいです。私が言えることではないかもしれませんが、人の気持ちを考えず平気で酷いことを言うあなたたちを私は許せない――心から軽蔑します」

言い切った絢奈は気持ちを落ち着かせるように深呼吸をし、そしてその瞳に燃え滾るような炎を湛え、こう言ったのだ。

「今後、私からあなたたちに関わるようなことはありません。視界に入ってくるな、なんて無茶を言うつもりはありませんよ。ただ声を掛けてこないでください――いいですね？」

それは有無を言わせない命令にも等しかった。

絢奈の言葉に初音さんと琴音は何も言えずに頷いたが、初音さんはせめてもの抵抗をするかのように絢奈を睨む……流石にここまで来ると絢奈を敵と見なして睨む気持ちも理解出来るが、絢奈がカツンと地面を蹴った。

「何か言いたいことがありますか？」

「……いいえ、何もないわ。家に入りましょう琴音」

「う、うん……っ！」

二人とも……かなり絢奈を怖がるようにして家に逃げ込んでいったけど……そんなに怖

かったのかと俺自身がマジマジと彼女を見てしまうくらいだ。

俺と視線が合って微笑みを浮かべる絢奈はいつも通り……いや、俺からすればどんな姿の絢奈も絢奈以外の何者でもない――つまり、さっきのような姿も俺の大好きな絢奈であることに変わりはないんだ。

「……ありがとう斗和君」

「おっと、俺は何も言ってないんだけどな？」

「目を見れば何を考えているのか分かりますから」

「そうか……まあ俺たちなら以心伝心は余裕だよな」

「はい♪」

ごめん絢奈、正直伝わったことにびっくりしたけどな俺は。

幸いにこれは伝わらなかったようでニコニコ笑顔は変わらず……そんな絢奈は今だこの場所に残っていた修へと再び視線を向けた。

「修君」

絢奈の声に修は肩をビクッと震わせたが、それでも彼は初音さんたちのように逃げたりはせず絢奈を見つめ返す。

「修君は初音さんと琴音ちゃんが斗和君に言った言葉を知っていますか？」

「…………」

その時、絢奈がチラッと俺を見たので構わないと伝えるように頷いた。

「私や修君ではなく斗和君が事故に遭って良かったと、そういうことをあの人たちは言ったんです。初音さんに関しては斗和君に直接です」

「……そんなことを母さんが？」

「はい」

修にとって初音さんはどこまでも優しいお母さんという認識だろう。

もちろんそれは修からすれば何も間違ってはいないので、修が何を信じるかは彼次第でしかない……それに、修が初音さんを信じ絢奈の言ったことを頑なに認めないとしても別に構わないと思っている。

「私は斗和君と出会った時から彼に惹かれていました。一緒に過ごせば過ごすほどそんな気持ちは強くなって……どんな時も彼の傍に居たいと願うようになったほどなんです。そんな斗和君に酷い言葉を投げかけられ、傷付いて涙を流す斗和君を見て、何も思わないわけがないでしょう？　どこの世界に好きな人を悪く言われて我慢出来る人間が居るというのでしょうか」

「それは……」

「私は何が正しくて、何が正しくないのか分からなくなっていました。そんな私を助けてくれたのが……支えてくれたのが斗和君なんです。私は心から斗和君のことを愛しているんです」

修は俺たちのことを認められないと言った。

けれどこうして絢奈から直接言われたのであれば、修も認めざるを得ないだろう。

「僕は……僕は……っ」

修はそれ以降何も言わず、絢奈の横を通り過ぎて家の中へ消えていった。

それを見送った俺だったが、ボフッと絢奈が胸元に飛び込んできたのでしっかりと受け止める。

「お疲れ様、絢奈——ありがとうな」

「お礼なんてそんな……私が全部言いたかっただけです」

「それでもだよ」

いくら昔から憎しみを溜め込んでいたとはいえ、実際に言葉にして相手に伝えるのは勇気が必要な行為だと思うんだ。

琴音はともかく初音さんの場合は……何をするか分からないというのも失礼な評価かもしれないけれど、実際に今まで良く思っていた絢奈をいとも簡単に敵と認識したくらいなのだから。

「これできっとあの人たちとの関係性は最悪になるでしょうね。ただ修君のお父さんはとても常識人ですので、もしこっちに帰ってきたら凄く戸惑わせてしまいそうで申し訳ないです」

「あ～……」

修のお父さんか……あまり会うこともないから気にしてなかったけど、確かにそれはあるかもしれないな。

初音さんのことだからこうなったのも全部俺たちが悪いって泣きつく未来は容易に想像出来るものの、なら俺たちが悪いんだと一方的に信じるようなことはないと思うのでその点については安心だ。

「今日のことはお母さんにも伝えておきます。たぶん困った顔で、これからの付き合い方をどうしようと悩ませてしまうとは思いますが……」

「それにしては楽しそうだけど？」

「これくらいは悩んでもらいましょうよ。今までのツケということで♪」

中々に鬼畜ですね絢奈さん……。

「ですがこれで私の抱く気持ちはあの人たちに伝わったでしょう。これもまた前に進むために必要なことだった……ですので言って良かったと思っています」

「俺も何か言えれば良かったんだがな」

「今回は私に花を持たせてくださいよ。それに……斗和君にはもしもの時のためにストッパーでいてほしかったですし」

「あれだ……絢奈がキレなくて良かったなって」

「うふふ♪　黒い私、出ませんでした♪」

可愛い顔で怖いことを言うんじゃない！

絢奈の様子にため息を吐きながらも、彼女を抱きしめる腕の力を緩めない俺自身に良い意味で呆れてしまう。

そろそろ帰るか、そう思って腕の力を弱めると見るからに不満そうな表情を絢奈は見せてくる。

「……はぁ。こうなってくるととっとと一緒に住みたくなるな」

「それはつまり……そういうことですよね⁉」

「そういうことっすね」

なんてやり取りをした後、絢奈の方から離れた。

先ほどあったことを忘れさせるかのような清々しい表情の絢奈を見ていると、言いたかったことを言えてスッキリしたんだというのがよく分かる。

「前に進むって……こういうことなんですね」

「だな。でも未来はまだまだ長い——確実に一つ一つ、岩を退けていこうか」

「そうですね。斗和君が傍に居てくれればどんなものだって障害になりません♪」

そうだな……こうやって確実に前へ進んでいけば、どんな障害だって俺たちは乗り越えていけるはずだ。

絢奈を送り届け、家に帰る頃には綺麗な満月が空に浮かんでいた。

学校では修とのやり取りがあり、放課後にはさっきのようなやり取りがありと……今日だけに限らず、最近はあまりにも一日の濃密さが凄まじい。

俺が完全に記憶を取り戻してからまだひと月も経っていない……なんと言うか、漫画や小説で書けそうなくらいの濃密な時間の流れだ。

「……っと、早く帰らないと母さんが心配しちまう」

ちなみに母さんの方からまだ帰らないのかと連絡が入っていたので、何を言われるか今から少しばかり怖い。

でもそれだけ愛されているんだと思えば怖くは……あるわ全然。

「ただいま——」

「おかえり斗和」

「……おうふ」

玄関を開けた瞬間、仁王立ちする母さんが居た。

ジッと俺を見つめてくるその姿は正に魔王……って、この表現最近絢奈にも使った気がするぜ……とにもかくにも結構怖い。

ただ、母さんは別に怒っているわけではなかったようだ。

真剣な面持ちはすぐに笑顔へと切り替わり、こうしていた意図を教えてくれた。

「斗和のことは全面的に信頼しているからね。とはいえ偶(たま)にはこういう過保護すぎる母親の姿も演出しておかないとって！」

「要らないよ」

「……ねえ斗和、そんなにお母さん臭くて嫌いなの？」

「そのネタもう引っ張らなくていいから……うん？」

母さんとコントのようなやり取りをしていた時、俺はふと気付く。

「母さん……今日何かあった？」

「あら、どうして？」

今日何かあったのか、そう聞いたのは単純に母さんの機嫌が良さそうだったからだ。

もちろん母さんはいつも笑顔で俺を安心させてくれる人だけど、いつもより雰囲気が楽しそうというか……とにかくそんな気がしたのだ。

「何かあったといえばあったわ。昔の知り合いに会ったのよ」

「あ、そうなんだ」

「やんちゃしてた時に慕ってくれていた子でやり取りは続いていたわ。それでも顔を合わせるのは久しぶりだったから話が弾んじゃって」

「へぇ」

やんちゃしてた時ってつまりヤンキーだった頃の知り合いってこと？

「一応、斗和も小さい頃に会ったことはあるわねぇ」

「そうなんだ……ねえ母さん」

「なに？」

「その人ってさ——二丁目だか三丁目だかの夜叉姫って言われていた頃の知り合い？」

「そうそうその時……ってちょっと待って。なんで斗和がその名前を!?」

おっと……これは言ったらダメなやつの反応だ。

既にその異名を口にしてしまったのでなかったことには出来ないが、それでも俺は最後まで星奈さんの名前を出さなかった。

　でもたぶん……すぐにバレるんだろうなと思い、その時に母さんに問い詰められるであろう星奈さんに今から心の中で謝っておこう。

　ごめんなさい！

「でもかっこいいじゃん夜叉姫って」

「嫌よ！　何よ夜叉って！　確かに喧嘩は負け知らずだし、私たちのシマを荒らした連中は片っ端からシバキ倒したけどね!?　でも私はか弱い女だったのよ!?」

「う～ん……聞く限り全然か弱くないよね」

「が～んっ!!」

　およおよと膝を突いた母さんに苦笑し、俺はこう言った。

「母さん——今日さ、ある意味で一つの決着が付いたんだ。俺と絢奈……しっかりと前に進めているよ」

　そう伝えると母さんはクスッと微笑み、手を伸ばして俺の頭を撫でてくる。

「そう……頑張ったわね」

「……うん」

　何があったのか気になっても、無理に追求せずただ頑張ったねと褒めてくれる母さんの優しさと温もりには感謝しかない。

いずれ、絢奈と一緒の時に話そう。
だから今はただ……この幸せな時間に浸っていたい。

エピローグ

あの日……初音(はつね)さんたちとのやり取りがあってから数日が経過した。

特に何か変わったこともなければ、良いことも悪いことも特に起こらない平穏な日が続いている。

俺としてはあちらから何かアクションがあるかと警戒していたけど、どうも絢奈(あやな)に強くハッキリと言われたことが効いたのかもしれない。

「そっち方面も大人しいけど……あっちはどうしてだ？」

あっちというのはあのスポーツジムに居た男のことだ。

もう少し人となりを観察しようと一日だけスポーツジムに行ってみたんだが、その時に付いてくれた女性トレーナーがあの男は既に辞めたことを教えてくれたのである。

『いきなり電話で辞めると言ってきたそうですよ。社会人としてその辞め方どうなのかって思ったんですけど、切羽詰まった様子だったと言いますか……とにかくあの人はもう居ません。私たち女性陣からすればセクハラしてくるクズ……コホン、彼が居なくなったので気が楽で助かりますけど』

とのことらしい。

どうやらあの男はセクハラ常習犯の嫌われ者だったらしい……ならなんでそんな奴を雇っていたのかと思わないでもないが、何か不思議な力でも働いていたりしたのかな、洒落にならんけど。

「……分かんねぇ」

何となく、直感でこのことは追求しない方がいいと俺は思った。

完全に気を抜くことは出来ないけれど、あの男に関しては一旦安心というか注意しなくても良さそうなのは素直に安心出来る。

そんな風に考え事をしていたせいで足が止まってしまい、俺は目的地に急ぐため少しだけ駆け足で向かった。

「……ふぅ、やっぱ少し暑くなってきたなぁ」

目的地――絢奈の家に着いた頃には少し背中に汗を掻いていた。

まだ夏ではないけど近づいているのは確かなので、気温も段々と夏特有の暑さへと変わりつつある……もちろんまだ涼しいけどさ。

玄関の前でインターホンを鳴らすと、出迎えてくれたのは星奈さんだ。

「いらっしゃい斗和君……あら、ちょっと汗掻いてる？」

「おはようございます星奈さん。はい……ちょっと走っちゃって」

「なるほど、それだけ絢奈に会いたかったってことかしら？」

それもまた間違いではないので否定はしない。

「絢奈は？」

「あぁ……あの子は部屋に居るわ。そのまま行ってあげて」

「？　分かりました」

なんだ……？

気が早いでしょうと呟きながら頭を抱える星奈さんに首を傾げつつ、家の中へお邪魔させてもらう。

「あ、そうだ」

「どうしたの？」

「……あれから何か言われたりしましたか？」

「何か……あ〜そういうことね。少し話す機会はあったわ――その時に私の考えを伝えて、ちょっぴり睨まれてしまったけれどね」

「…………」

何か言われたか、もちろんこれは初音さんたちのことを指している。

星奈さんの話だと睨まれた程度で何かをされたわけじゃないみたいだが、それでも申し訳なさはもちろんあった。

「そんな顔をしないで？　むしろこちら側としていられる私の方が都合が良いって自分で思うほどなのよ？」

「…………」

「あなたと絢奈が幸せそうにしてくれているならそれでいいの。ほら、早くあの子のもとに行ってあげて」

「……分かりました」

……そうだな、ここは星奈さんの心遣いに甘えよう。

それから向かう先は当然絢奈の部屋……なのだが、いつもなら、いの一番に出迎えてくれるはずの絢奈が今日は出てこなかった……これには何か理由があるのかな？

数秒ほどジッと考えてみたが分からなかったので、俺は素直にノックをする。

「絢奈？」

「あ、いらっしゃい斗和君。入って大丈夫ですよ」

そうして中に入った瞬間、飛び込んできた光景に俺は目を丸くする。

「……え？」

「ふふっ♪」

ニコッと微笑んだ絢奈だが……彼女は下着姿だった。

いつ脱いだのかはともかく、着ていたであろう私服はベッドの上に脱ぎ捨てられており、身に着けている布地は高校生にしては明らかに派手な黒い下着だけ……って何をしてるんだ⁉

「何してんの？」

「別に露出癖に目覚めたとかではないですよ？　ただ少し、これから訪れる夏を見据えて試したいことがあったのです」

「夏……？」

夏を見据えて試したいってなんだ？

確かに数カ月先に訪れるのは夏だけどまだ六月ですらないが……さて、そんな風に俺は考えを巡らせてすぐに絢奈が何をしたいのか分かった。

絢奈が手に持ったのは純白のビキニタイプの水着だ。

「夏を先取りというわけではないですが、去年と同じ水着が今年も似合うか斗和君に是非判定していただきたいなと」

「……そういうことね」

なるほど……星奈さんの気が早いという言葉の意味がようやく理解出来た。

確かに……確かに気が早いというのは認めるけど、この光景を見られる一人の男としてはご褒美みたいなものだし、しかも絢奈のことを大好きな俺からすれば見られるなら見たいと思ってしまうほど。

「では判定しようではないか」

そうであるなら、ここは堂々と判定させてもらおう。

俺はドサッとその場に腰を下ろし、相変わらず下着姿の絢奈を見つめる……てか今の彼女が大変エッチでドキドキする姿なのは言うまでもないけど、それなりに裸も見ているせいで慣れもあった……俺、成長したな。

「無難に上から行きましょうか」

絢奈は手を背後に回し、パチッと音を立ててホックを外す。

その瞬間絢奈の豊満な胸を支えていた力が失われ、たゆんと揺れて露(あらわ)になる……心の中でうおおおおっと叫びたくなるのを抑え、俺はあくまで自分が水着判定員であることを忘れない。

「…………」

「どうした？」

「いえ……こうして斗和君に見つめられながら裸になるのってやっぱりドキドキするなって思ったんです」

「それなら――」

「かといって視線を逸らされるのも嫌なのでそのままでお願いします♪」

そういうことらしいので、俺は彼女から視線を逸らすことを封じられた。

絢奈の体の動きに合わせて俺の視線もあちらこちらを行ったり来たり……そんな風に彼女を眺めていたが、早速問題が発生したようだ。

「あれ……小さい？」

あれっと首を傾げる絢奈に俺は注目する。

どうやら今着けようとした水着が、絢奈の胸のサイズに合わないらしく少々小さいようだ。

「着けられないほどではないんですけど……う〜ん、ブラの方も去年より大きいサイズのものを買いましたしこっちも替え時でしょうか」

絢奈はそう言いながら俺を見てニヤリと笑う。

そのあまりにも妖艶な表情に今日一番の心臓の高鳴りに襲われたが、今の俺には絢奈の言葉を待つことしか出来ない。

何を……何を言うつもりだ？

絢奈はサイズの合わなくなった水着を外し、大きく実った二つの胸を持ち上げながらこう言葉を続けた。

「大好きな人に心から愛され、ここもたくさん可愛がられていますから大きくなるのも当然ですよね――こうして私のおっぱいが大きくなったのは斗和君が愛してくれている何よりの証拠ですよ♪」

「っ……ぐおおおおおおっ！」

何だそのエロくもありながら純粋に嬉しくなる言葉は！

「うふふっ♪　どうですか斗和君、私……エッチですか？」

そんな分かり切ったことを聞くなって言うのが正解なのか？

それとも据え膳食わぬは男の恥と言わんばかりに、本能のまま絢奈の胸に飛び込むのが正解なのか……？

俺はコホンと咳払いをして自分を落ち着かせ、改めて彼女を見つめ返す。

（いやいや、見つめ返すのもこの状況だといかがなものじゃないか……？）

かといって視線を逸らすのは勿体ないからな……ふむ。

彼女の裸を見ても俺が照れないのと同じで、絢奈も俺に裸を見られても照れる様子はそこまで見られない……というよりもこんな誘惑の仕方をする絢奈にとってこの程度は照れるほどではないか流石に。

「まあ……エッチだろ。普段は言わないけど、絢奈とそういうことをする時にはしょっちゅう言ってるようなもんだしな」

「それを聞くたび私は嬉しくなりますよ。こういう話題って避ける人が多いですし、私もすることはありません——ですが恋人である斗和君とそういう話をするのは大好きなんです。あなたにエッチだと思われること、それは女としての魅力に溢れているんだと自覚出来ますからね」

「あ〜……エッチだよ」

「はい♪　ありがとうございます♪」

可愛さの中に同居するエロさをムンムンと垂れ流す絢奈は俺に近づき、当初の目的を忘れたかのように抱き着いてくる。

胸元に押し当てられる柔らかい胸の感触、それは服や下着がないから直に伝わってくる。

「絢奈？」

いつもなら、このまま雰囲気に流されるのだが、絢奈はジッと俺を見つめるだけで何かをしようという素振りはない……というより、彼女の瞳はまるで今のこの空間を最大限に楽しんでいるかのようだ。

「少しだけ……感慨深くなっちゃいました」

「感慨深い？」

「はい。今、私はとにかく幸せなんです……でも、もしも一歩間違っていたらこんな清々しい気持ちで斗和君と接することが出来ていなかったのではないかと」

それは確かにあったかもしれない。

彼女への接し方はたぶん変わらなかっただろうけど、絢奈からすればこの幸せを感じる裏でその時のために憎しみを徐々に溜め込んでいたはず……それがないだけでこんなにも素直な表情を浮かべてくれるなら本当に良かった。

「でもさ絢奈」

「はい？」

「一々こんなことで感動というかさ、感極まってたら身が持たないぞ？」

「え？」

「だってこれからもっともっと俺たちは幸せになるんだから」

「……あ」

そう、これから先俺たちはもっともっと幸せになる。

どちらか片方ではなく二人でどこまでも幸せに……だからこそ、今の段階で一々感動していたら身が持たないと俺は言ったんだ。

絢奈は一瞬目を丸くしたが、すぐにクスッと微笑みキスをしてくる。

「ちゅっ……」

触れ合うだけのキスに俺も応え、しばらく甘い時間を満喫してから体を離す。

そうして見つめ合う俺たちだが相変わらず絢奈は裸のまま……ハッとするように絢奈は立ち上がった。

「服……着ます」

「お、おう……」

ササッと服を着終え、絢奈は俺の隣に腰を下ろす。

俺の腕を胸に抱くようにして身を寄せてきた彼女の存在を感じながら、俺もこの幸せな空間に想いを馳せた。

(こうやってのんびり幸せを噛み締めるのもデジャブだな……確か、絢奈と話をして家に帰った日もこんなんじゃなかったか？)

心持ちとしてはあの時と全く同じ……でも決定的に違うのはあの時よりも遥かに心の余裕があるということだ。

「斗和君」

「うん？」

「私たち……これからもずっと一緒に生きていくんですよね。一つや二つの問題を片付けて、はいお終いではなく、その先もずっと歩き続けていくんですよね」

「そうだな」

「これから何年も、何十年も一緒なんですよね」

俺は頷く。

あまりにも濃密だったここ数週間は、多くのものを俺たちに齎してくれた。

厳密にはまだまだ問題は残っているものの、それ以上に俺や絢奈にとってここ最近の出来事は良いことばかりで……間違いなくより良い未来へ続く道標を手に入れたのは言うまでもない。

「斗和君？」

「……ずっと一緒だ」

「……ふふっ、はい♪」

隣で笑いかけてくれるこの子を守る……それはずっと変わらない俺の決意だ。

もしもこれで完全に全ての問題が片付いた時、実は夢でしたなんてオチは流石に悲しすぎるけど……それでもこの子が幸せでいてくれるなら俺は構わない。

「斗和君、ダメですよ？」

「……え？」

絢奈の言葉に俺は目を丸くした。

何がダメなんだ？　そんな疑問を抱いた俺に彼女は教えてくれた。

「私、斗和君のことならある程度分かると言いましたよね？　だからさっきの遠くを見るような視線の時……斗和君は自分が居なくなっても私が幸せならそれでいいって考える目をしてました」

「……マジで分かったの？」

「……やっぱり」

っ……カマをかけたのか。

正直、絢奈のことだから全部見透かされてもおかしくはないって思っていたから馬鹿正直に反応してしまった。

ぷくっと頰を膨らませた絢奈は追い詰めるかのように顔を寄せてきた。

「二人で幸せになる……その言葉は嘘ですか？　斗和君が居なくなってしまったら私は絶対に幸せになれない……分かってますよね？」

「……ごめん絢奈」

「許します」

ったく……そうだよな……そうなんだよな。

俺たちは必ず二人で幸せになると誓いを立てた……だからどんなに取り返しの付かない出来事があろうとも、どちらかが欠けたらダメなんだ。

俺から言い出したことなのにそれを絢奈に指摘されてしまうなんてまだまだだ。

「仮に斗和君が居なくなっても私は探し出しますからね。地の果てまでも追いかけて連れ戻しますから」

「お、重たい……」

「でもそんな私が好きなんですよね？」

「あぁ、大好きだよ」

「私も好きです♪」

そうしてまた俺たちは抱き合った。

絢奈が傍に居ると幸せな気分になるのはもちろんなんだが、改めて周りの環境も良い方向に動いたからこそ幸せを感じるのもひとしおだ。

「結局……水着の披露とはいきませんでしたね。必ず夏までに新しいの買いに行きたいですね」

「俺は付いていくのか？」

「当然ですよ。斗和君の意見も聞かせてくださいね？」

俺は力強く頷いた。

まあでも、さっきも言ったがこれからもずっと俺はこの世界で生き続ける……そうなってくると必然的に多くの出来事を絢奈と経験することになる。

この世界は俺にとって第二の故郷ではあるのだが……いつの日か、絢奈の生きるこの世界が俺にとって最高で一番の世界だと言える日が来るのかどうか……ま、それもすぐだろうと俺は笑う。

「そういえば斗和君は聞いてますか？　今日は明美さんも夜こっちに来ることになってるんですよ」

「え？　マジで？」

「あ、やっぱり知らなかったんですねぇ。またお酒をたくさん飲むとのことなので私と一緒にまた苦労しましょ？」

「したくねええええええええ!!」

「あはは♪　でも楽しくて賑やかで、私は凄く嬉しいよ！」

あ、敬語が消えた……じゃなくてまた酒に呑まれた二人を相手しろって!?

神様は一体俺に何の恨みがあるっていうんだ……ニコニコと微笑む絢奈の隣で、俺は訪れる夜のことを考え大きなため息を吐く。

まあでも……何だかんだ俺も楽しみにしているみたいだ。

大きな姿見に映る絢奈が笑顔なのはもちろん、その隣に座る俺もまた笑顔だったから。

あとがき

みょんです。

この度はエロゲのヒロイン三巻が無事に刊行出来て嬉しく思います。

こうして三巻まで発売することが出来たのも、応援してくださる読者の皆様のおかげだと思っています！　本当にありがとうございます！

そして、今回も引き続きイラストを担当してくださった千種みのり先生にも大変感謝をしています！　お忙しい中、本当にありがとうございました！

さて、毎回あとがきとなると何を書こうかって悩むのですが……そうですね。

改めて良い機会というか、今作のエロゲのヒロインについて振り返ってみようかなと思います。

この作品は元々ＷＥＢ上に公開している作品というのはもちろんなのですが、正真正銘自分が初めて書いた一次創作の作品です。

これに関しては何度か言っているものだと思いますが、だからこそ本当に自分の中でこの作品は思い入れが強いものなんですよね。

一番最初にゲーム転生を選んだのは個人的に自分の中での流行りであったこと、ヤンデレっぽくしたかったのは単純に好きだったと……とまあそんな風に、自分の好きが沢山詰め込まれた作品です。

自分の好きだけを詰め込むのもいかがなものかと思いつつ、多くのことに悩みながらも読んでて面白いと言ってくださった読者の方の声はとても力になりましたし、常に相談に乗ってくれた編集者さんにもどれだけお礼を言っても足りないほど……それくらいに沢山助けられました。

もうあれですよ！　こんなにもたくさんのお力添えを頂くわけなので、自分が頑張らないわけにはいかないとなります（笑）

別に自分自身無茶をしているわけでもなく、時に風邪とかそういった病に悩まされることも無きにしも非ずですが、本当に限界を超えるようなことはなく作業しています。

ただ自分の場合結構書くスピードや、他のことに関してもかなり早いと言われて編集さんに何度も心配されてしまうんですよね……ま～じで大丈夫ですから！

単純にエロゲのヒロインだけでなく、美人姉妹——おとまいの作業も続くせいでそう思われているとは思うんですが……とにかく大丈夫ですし、本当に無理そうなら弱音は吐くし締め切りの延長もしてもらうつもりです（笑）

まあでも、こうして振り返ってみるとまさか自分がこうして小説家として活動してるなんてマジか！　なんて思うこともまだありますし、そんなに多くの友人に喋（しゃべ）っているわけじゃないですが良く言われてしまいます。

ただ細々とネットに趣味で小説を投稿していた頃、まあせっかくだからコンテストに出してみるかと思い立ったのがこうして結果に出たこと……どれだけ振り返っても勇気を出して良かったなと何度だって思います。

途中からエロゲのヒロインについての振り返りから外れてしまいましたが、今回のあとがきはいつもに比べて長いということでご容赦いただければ……！

とはいえもう書きたいこともなくなってきたので、締めに入ります！

この作品に関しては後少し、後少しだけ書きたいことがあります。

既に主人公の斗和（とわ）とヒロインに絢奈（あやな）に関してはゴールしたと言っても過言ではないのですが、もう少しだけ書きたいことを書いて納得の行く終わりに出来ればなと考えていますので、是非とも読者のみなさんにはお付き合いいただければと思います！

長くはなりましたが、改めて最後にお礼を言わせてください。

こうして三巻まで続いていること、そしてそのモチベが続いていることに関しても本当に買ってくださったみなさんや、協力をしてくださっている方々のおかげです。

この感謝を決して忘れることなく、最後まで駆け抜けたいと思います！

それではまた！

エロゲのヒロインを寝取る男に転生したが、俺は絶対に寝取らない3

著　みょん

角川スニーカー文庫　23924

2024年1月1日　初版発行
2024年9月20日　再版発行

発行者　山下直久

発　行　株式会社KADOKAWA
〒102-8177 東京都千代田区富士見2-13-3
電話　0570-002-301（ナビダイヤル）

印刷所　株式会社KADOKAWA
製本所　株式会社KADOKAWA

◆◇◇

※本書の無断複製（コピー、スキャン、デジタル化等）並びに無断複製物の譲渡および配信は、著作権法上での例外を除き禁じられています。また、本書を代行業者等の第三者に依頼して複製する行為は、たとえ個人や家庭内での利用であっても一切認められておりません。

※定価はカバーに表示してあります。

●お問い合わせ
https://www.kadokawa.co.jp/（「お問い合わせ」へお進みください）
※内容によっては、お答えできない場合があります。
※サポートは日本国内のみとさせていただきます。
※Japanese text only

©Myon, Minori Chigusa 2024

Printed in Japan　ISBN 978-4-04-114471-8　C0193

★ご意見、ご感想をお送りください★
〒102-8177 東京都千代田区富士見 2-13-3
株式会社KADOKAWA　角川スニーカー文庫編集部気付
「みょん」先生「千種みのり」先生

読者アンケート実施中!!

ご回答いただいた方の中から抽選で毎月10名様に「図書カードNEXTネットギフト1000円分」をプレゼント!

■ 二次元コードもしくはURLよりアクセスし、パスワードを入力してご回答ください。

https://kdq.jp/sneaker　パスワード　u5w6k

●注意事項
※当選者の発表は賞品の発送をもって代えさせていただきます。※アンケートにご回答いただける期間は、対象商品の初版(第1刷)発行日より1年間です。※アンケートプレゼントは、都合により予告なく中止または内容が変更されることがあります。※一部対応していない機種があります。※本アンケートに関連して発生する通信費はお客様のご負担になります。

[スニーカー文庫公式サイト] ザ・スニーカーWEB　https://sneakerbunko.jp/

角川文庫発刊に際して

角　川　源　義

第二次世界大戦の敗北は、軍事力の敗北であった以上に、私たちの若い文化力の敗退であった。私たちの文化が戦争に対して如何に無力であり、単なるあだ花に過ぎなかったかを、私たちは身を以て体験し痛感した。西洋近代文化の摂取にとって、明治以後八十年の歳月は決して短かすぎたとは言えない。にもかかわらず、近代文化の伝統を確立し、自由な批判と柔軟な良識に富む文化層として自らを形成することに私たちは失敗して来た。そしてこれは、各層への文化の普及滲透を任務とする出版人の責任でもあった。

一九四五年以来、私たちは再び振出しに戻り、第一歩から踏み出すことを余儀なくされた。これは大きな不幸ではあるが、反面、これまでの混沌・未熟・歪曲の中にあった我が国の文化に秩序と確たる基礎を齎らすためには絶好の機会でもある。角川書店は、このような祖国の文化的危機にあたり、微力をも顧みず再建の礎石たるべき抱負と決意とをもって出発したが、ここに創立以来の念願を果すべく角川文庫を発刊する。これまで刊行されたあらゆる全集叢書文庫類の長所と短所とを検討し、古今東西の不朽の典籍を、良心的編集のもとに、廉価に、そして書架にふさわしい美本として、多くのひとびとに提供しようとする。しかし私たちは徒らに百科全書的な知識のジレッタントを作ることを目的とせず、あくまで祖国の文化に秩序と再建への道を示し、この文庫を角川書店の栄ある事業として、今後永久に継続発展せしめ、学芸と教養との殿堂として大成せんことを期したい。多くの読書子の愛情ある忠言と支持とによって、この希望と抱負とを完遂せしめられんことを願う。

一九四九年五月三日

カノジョに浮気されていた俺が、
小悪魔な後輩に懐(なつ)かれています

My coquettish junior attaches herself to me!

御宮ゆう　イラスト えーる

からかわないと、
照れくさいから

ちょっぴり 大人の青春ラブコメデ

しがない大学生である俺の家に、一個下の後輩・志乃原真由が遊びにくるようになった。大学でもなにかと俺に絡んでは、結局家まで押しかけて——普段はからかうのに、二人きりのとき見せるその顔は、ずるいだろ。

第4回
カクヨム
web小説コンテスト
《特別賞》
ラブコメ部門

スニーカー文庫

「僕が兄に決まってるだろ」「私が姉に決まってるでしょ?」親の再婚相手の連れ子が、別れたばかりの元恋人だった!? "きょうだい"として暮らす二人の、甘くて焦れったい悶絶ラブコメ——ここにお披露目!

スニーカー文庫

時々ボソッとロシア語でデレる隣のアーリャさん

Милашка❤

story by sun sun sun
illustration by momoco
燦々SUN
イラスト ももこ

ただし、彼女は俺が
ロシア語わかる
ことを知らない。

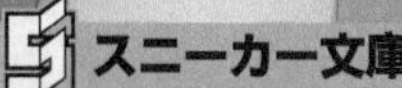

転校先の清楚可憐な美少女が、
昔男子と思って一緒に遊んだ幼馴染だった件
Hibariyu 雲雀湯
illust シソ
重版続々!!
元"男友達"な幼馴染と紡ぐ、
大人気青春ラブコメディ開幕!
7年前、一番仲良しの男友達と、ずっと友達でいると約束した。高校生になって再会した親友は……まさかの学校一の清楚可憐な美少女!? なのに俺の前でだけ昔のノリだなんて……最高の「友達」ラブコメ!
作品特設サイト
公式Twitter
スニーカー文庫

隣の席のヤンキー清水さんが髪を黒く染めてきた
底花　イラスト ハム
Story by Teika Art by Hamu
お前のために髪を黒く染めたんだから……
気づけよな。
1巻発売即重版!!
「髪染めたんだね」「ああ」「どうして髪染めたの?」「なんでって、昨日お前が……」僕の隣の席に座る金髪から黒髪に染めたヤンキーJK・清水さん。その後も一緒に料理したり、お弁当をくれたりするのだけど……。
スニーカー文庫

「私は脇役だからさ」と言って笑う
そんなキミが1番かわいい。

クラスで
2番目に可愛い
女の子と
友だちになった

たかた ［イラスト］日向あずり

第6回
カクヨム
Web小説コンテスト
特別賞
ラブコメ
部門

『クラスで2番目に可愛い』と噂の朝凪さん。No.1人気の天海さんにも頼られるしっかり者の彼女は……金曜日の放課後だけ、俺の家に遊びに来る。本当は無邪気で甘えたがり。素顔で過ごす、二人だけの時間。

スニーカー文庫

陰キャだった俺の青春リベンジ
天使すぎるあの娘と歩むRe:ライフ
慶野由志
ill たん旦
この社畜力でやり直す、
彼女と一緒の
2度目の青春！
シリーズ
続々
重版中!!
ブラック企業で社畜生活の末倒れた新浜は、目覚めると高校二年生にタイムリープしていた。死ぬ前に頭をよぎったのは高校時代の憧れの少女。2度目の人生は後悔したくない。彼女と一緒に最高の青春をリベンジする!

スニーカー文庫

きみの紡ぐ物語で

世界を変えよう。

第30回
スニーカー大賞
作品募集中!

大賞 300万円
+コミカライズ確約

金賞 100万円　銀賞 50万円　特別賞 10万円

締切必達!

前期締切
2024年3月末日
後期締切
2024年9月末日

詳細は
ザスニWEBへ

https://kdq.jp/s-award

イラスト／カカオ・ランタン